九夜

ベルナルド・カルヴァーリョ　宮入亮訳

九夜

水声社

本書は、武田千香の編集による〈ブラジル現代文学コレクション〉の一冊として刊行された。

ファビオ・T・カルヴァーリョの霊前に捧げる
そしてマリーザ・コヘアに捧げる

1

これはあなたがやってきたときのために。覚悟しておかなければならない。誰かがそう前もって教えるだろう。ここまであなたを導いてきた真実と嘘が意味をもつことなどない土地へ入ることになる。インディオたちに尋ねてみるといい。どんなことでもかまわない。最初にあなたの脳裏によぎったことを。そして明日、起きたら、もう一度同じ質問をしてみるといい。明後日にも、さらにもう一度。常に同じ質問を。毎日、違った答えが返ってくるだろう。真実はあらゆる矛盾や無分別のなかに失われているのだ。過去が埋めてしまったものを追い求めに来るのなら、それは記憶の掘りおこされない土地の門にあるのかもしれないと知っておかなければならない。というのも、秘密というものは、確かに墓へと運ばれた唯一のものであり、あなたと私のように、その謎についての仮説を経て、好奇心でどうしようもなくなっていき、一つの意味を求めようとする者たちに残された唯一の遺産でもあるからだ。そのときまでは、あなたにとって反論のしようがないと思われる事実を拠り所にすることになるだろう。我が友、アメリカの人類学者ブエル・クエインが二十七歳で、一九三九年の八月二日の夜に死んだということ。突然、しかも驚くべき暴力でもって、はっきりした説明もなしに自ら命を絶ったということ。彼の村落からカロリーナへ戻る旅に同行し、恐怖と流血を前に、怖くなって逃げてしまった二人のインディオの懇願にもかかわらず、自らを痛めつけたということ。自らを切りつけ、首を吊ったということ。印象深い手紙を残したが、何の説明にもなっていないということ。取り調べを避けるために書く手伝いをするという不幸を私自身も負うことになった報告書に、不幸であった、そして狂っていたとされたこと。あなたが誰であるにせよ、ただ、私だけが知っていて、他の誰も知らないことを胸に秘めながら、あなたを待って数年を過ごしたのだが、もはや運に恵まれることも記憶のなかに預けたものを私と一緒に消し去ることもできない有様だ。あなたのものであり、私がこの悲しみと失望の年月のあいだずっと、あなたを待ちながら、しっかりと守ってきたものを他人の手に預けることもできない。私を許してほしい。危険を冒すことはできない。私はもう死に立ちむかえるような立場でも年齢でもないのだ。明日、カロリーナへ戻る船に乗るつもりだ。だが、その前に、あなたが来て、この上なく絶対的な不確かさというものを見つけたときのために、この遺言を残しておこう。

よく来てくれたと思う。人々はあなたに全てはあまりにも突然で予期せぬものだったと言うだろう。その自殺が全ての人々を驚かせたと。あなたにたくさんのことを話すだろう。私に何を期待しているのかわかる。そして今、何を考えているのかも。しかし、私に与えられなかったもの、白のなかの黒〔ポルトガル語で、紛れもない確かなことを指すたとえ〕、正確な時刻など私に求めないでほしい。私がインディオについての報告書とペソア教授の疑わしい翻訳を得ることになったのと同様に、つかみどころのないもの、私が今あなたに語ったことの欠陥を得るだけとなることだろう。物語というのは何よりもまず、それを聴く者からの信頼、解釈する能力に依拠しているのだ。あなたはやって来れば、不信を覚えることだろう。ブエル博士も、彼なりの形であったが、やはり不信者だった。できる限りの抵抗をしたのだ。私たちは信じるために理由を必要とするものだ。あなたが誰であるにしても、全ての人は死ぬのだということを思い起こすなら、私はあなたの忍耐と善意を軽視してしまうことになるのだろうか？　今のあなたと同じく不信を抱きながらも、初めて彼に会った一九三九年の三月、彼が手紙で死んでいると称した街へ到着した日を、私は思い出す。コンドルの水上飛行機が、その到着を告げながら、街へ近づいて来ると、皆がその轟音に気づいた。もうとっくに私たちを訪ねる者などいなかった。多くの人たちが川の方へ駆けていった。私は作業で忙しかったが、川の方向へ、マンゴーの樹々の上を飛んでいく飛行機の影を屋根なしの家でわずかながら眺めることができた。作業を終えた私は港へと下った。彼は、起きたことを記録するためにコンドル代理店の代表が契約した写真家にむかってポーズをとっていた。彼は、三脚にカメラをおいて、ずっとそのガラス湿板で高名な民族学者の到着の様子を撮っていた。彼は、インディオたちとパイロットの傍にいて、全員が飛行機の翼の上に立っていた。あなたの知りたいことがそれかどうかは知らないが、彼がやって来ることで皆が五カ月後にはもう忘れてしまったセンセーションが引き起こされた。我々は異常なことには実に早く慣れてしまう。私はただ彼の思い出を胸にしまっているにすぎない。しかし、あの日、私も他の誰も我々が何を迎え入れていたのか想像することもできなかったのだ。あたかも一隻の船の船長であるかのように、白い帽子をかぶり、白いシャツを着て、パンタロンにブーツをはいて、彼はやって来た。私も他の誰もそれほどまでに立派で、そうした場所と機会にはそぐわない優雅さの背後に何も見つけることはできなかった。今や過去を振り返る者にとってはなおさらである。誰も五カ月たらずのうちに彼から命を奪うことになる不幸を予見できなかった。私は、受け入れ、どの人間味のある住民も拒否することはできないであろう使命を理解することなく、街が黙って見ていた舞台へと近づいていった。私はそういう住民だったわけだ。コンドルの代表者が私たちを紹介したが、その民族学者は私の方を見なかった。彼は、ほかの皆と同じように私と握手をし、微笑んだ。皆にむかって微笑んでいたが、私がいることは気にもとめなかった。私の名前を聞くことなどなかった。名前を理解していたならば、きっと馬鹿にしただろう。なぜなら、とにかく彼はユーモアを欠くことはなかったからだ。私の名前はここから外では嘲笑の的なのである。そして彼はたどり着いてしまったのだ。状況と私と手を組むことの利点を理解するのはもっと後になってからだったようだ。そのときにようやく他にはない、私の友情を受け入れることになったわけだ。私は卑しい田舎者（セルタネージョ）、インディオの友であるかもしれないが、教育は受けたし馬鹿ではない。誰にも恨みは抱いていない。我が友クエイン博士についてならなおさらだ。私が隠そうとしてできる限りのことをした理由を死者の書いたもののなかに探し求めているペソア教授の疑わしい翻訳を通じてのみ触れることのできた、クエインの考え、書いたであろうことが全てであるとしても。誰も意味を探そうなどと考えるべきではない。死者たちに残った者たちのことを考えさせないようにするべきなのだ。最初から、悲劇を予期することはできなかったとはいえ、私だけが、彼の瞳の奥に、消し去ろうとするもののいつも失敗に終わる絶望に気づいた、ただ唯一の人間だった。その理由は、私に明かされる前に理解するに到ったのだが、ただ彼の苦しみを和らげるためだったとはいうものの、無視する方が、あるいは無視していると装う方が私にとってはよかった。思うに、そんな風にして私はできる限り彼の手助けをしたのである。自分を抑えることのできない数少ない瞬間を見ていたこともあって、私にはわかったのだ。そして、私の沈黙は彼にとって友情の証となっていた。男同士とはそういうものだ。それとも、私たちが互いを見合えば、次には私たち自身の内に隠そうとしたものが何なのかに気づかなくなると、あなたは思うだろうか？　一人の友への信頼ほど貴重なものはない。だから、私は、子供の頃から、私の祖父がインディオたちを手なずけたときから、生活を共にした彼らのことを評価するのだ。いつでも私の家には彼らを迎え入れた。私について陰で何と言っているかも、いつも知っていた。彼ら全員にとっての白人と全く同じように、彼らは私のことを少し変なのだと考えていたわけだ。しかし、私にとってただ重要だったのは彼らが私を頼りにできたのだということだった。そうして、私は見返りには何も期待できないということを知ったのである。彼らは願っていたもの全てを私から得ていたのだろう。そして、彼らのお願いは尽きることがないことを神はご存知だ。私は彼らにしてあげられることなら何でもした。それから、ブエル博士にも。インディオたちと同じものを彼に与えたのだ。同じ友情を。なぜなら、彼は、インディオと同じように、孤立し見放されていたからだ。そして、何を考え、何を書いたにせよ、一人の子供に過ぎなかった。自分の息子のような存在だった。私をそんなに驚かすことは何もなかった。インディオ保護局の監視官シルド・メイレレス氏によってマノエル・ダ・ノブレガ〔十六世紀のイエズス会士。インディオへの布教、白人の搾取からの保護を行ない、ブラジル最初の教化村を主導した〕先住民居住地での業務から外されたときも、悲劇から三年後、彼がそれからは私の心を居住地から五レグア〔距離の単位。ブラジルではおよそ六キロ〕の距離においていき、永遠にインディオのもとから離れるように勧めてきたときでさえも——その先は考えたくない。私が一年弱勤め、ブエル博士がリオデジャネイロに送った推薦状のおかげで、インディオたちの保護での成功を博士自身も助けてくれた職務を辞めさせられたという屈辱でさえも。もしまだ生きていて、彼の自殺した一年後に農園主たちが闇討ちの準備をしたときにインディオたちのなかにいれば、ブエル博士がおそらく阻止できただろう、カベセイラ・グロッサの村での虐殺でさえも。我が友人の最後ほどに私を悲しませるものはなかった。私はその記憶を誇りに思うことに決めた。彼がやって来たとき、私は迎え入れた。彼が考え、書いたであろうことのどれも私に苦悩をもたらさないだろうし、見返りには何も期待していなかった。なぜなら、実際、私は彼が頼りにできた唯一の人間であったということを知っているからだ。

　陽の落ちる頃、私は屋根のない家を出た。そのとき、コウモリの一群も一本のマンゴーの樹の空洞になった幹から出てきて、自転車や通行人を無視しながら、激流となり盲目の低空飛行で、街路へとなだれ込んだが、人々も、私たちがペソア博士の翻訳を信用するなら、ブエル博士がそう描写したように、あの死んだ街でコウモリたちを無視していた。私は学がないかもしれないが、断じて迷信深くはない。彼を受け入れた小さな吸血鬼たちの一群に私の予知の兆候を見ていたかもしれない。しかし、私が見たもの全ては、川へ到着したときの彼の両目、見られてもいたのだと忘れていたときの、一枚一枚の写真を撮るあいだの、困惑と疲れを通じて、その両目が担っていた表情だった。彼は村へ出発したかった。疲れていた。視線から離れていたかった。自殺の知らせを受けて私が疑い始めたように、彼が何をしにここへやって来たのか、本当に死ぬためにやって来たのかどうかは、あなたならきっと私に教えられたのだろう。むなしくも、そうしたことを待って、数年経った。

あの年の八月九日、彼がカロリーナへ到着してから五カ月後、日も暮れる頃の街に二十人のインディオの一団がやって来た。彼らは悲しい知らせをもたらし、荷物のなかに、ブエル博士の愛用していたものを運んで来た。私は目に涙を浮かべながら、それを受け取り、確認した。二冊の音楽の本、一冊の聖書、一対の靴、一対のサンダル、三着のパジャマ、六着のシャツ、二本のネクタイ、一着の黒いコート、一枚のタオル、四枚のハンカチ、二対の靴下、一つのサスペンダー、二着の綿のスーツ、二着のカシミヤのスーツ、二枚のパンツ、そして写真のはいった一通の封筒。写真のなかに彼の顔写真はなかった。あったのは海辺の一軒の家の写真、彼に物語や歌を教えた南太平洋の黒人たちの顔写真、シングー川の上流のトゥルマイ族の顔写真だったが、家族の写真は、父のも、母のも、姉のもなく、妻の写真さえもなかった。自ら命を絶つ前に受け取った他の手紙と一緒にそれらの顔写真を燃やしてしまったのかもしれない。インディオたちは全く何にも触れなかった。道の途中で立ち止まることも、誰とも話すこともなく、私の家にやって来たのだが――彼らは恐がっていて、罪に問われるかもしれないと考えていた――、それですぐにその知らせが広まるのを妨げることもなく、ほどなくして野次馬たちの小さな一群が私の質素な家を取り囲んでいた。私はペソア教授を急いで呼ぶように命じた。彼はその不幸な者の残した英語の手紙の一通を読んだ後、インディオたちを落ち着かせ、彼らがその悲劇的な出来事にはどんな責任もないのだということを全員に保証した。彼はアメリカ、リオデジャネイロ、マトグロッソにむけ手紙を残した。二通はカロリーナ、一通は警察官のアンジェロ・サンパイオ隊長、そして、もう一通は私に。

そのときから私はあなたを待ってきた、あなたが誰であるにせよ。彼のものを、自ら命を絶つ前に彼があなたに書いた、念のため、許して欲しいのだが、心配で私が保管した手紙を探しに来るということはわかっていた。というのも、そこに何が書かれていたのかを理解し得なかったし――疑ってはいたのだが――ペソア教授にあの手紙の文を翻訳するように頼む危険を冒すこともできなかったからだ。リオデジャネイロに送らなかった唯一の手紙だ。今日、ブエル博士の死から六年が経つや否や、教授自身がすでに民族学者であるといったり、クラホー族の研究者を自称したりしている。あたかもどんな民族学者もカロリーナのあたりを滞在などしなかったかのように。思い出だけはすぐに彼に陰を落とし、自らの凡庸さと無知を認めるためには足りていない基準をもたらすだろうから、教授のことを無視した、その彼もまたもう思い出せないと言っている人と同じになるには自称するので十分であるかのように。私は素朴な田舎者（セルタネージョ）かもしれないが、馬鹿ではない。閉じられた封筒のなかで、あれは、その受取人が、私のわかったところでは、ブエル博士の家族でも、他の人類学者や宣教師でさえもなかった唯一の手紙だった。私のことを理解してくれるようお願いしたい。大変なときだったのだ。私のしたこと全ては友情のため、彼を守るためだった。誰であるにせよ、あなたは想像できないだろう。手紙はアメリカへと送られる前にリオデジャネイロへとむかった。マラニャン当局が説明を求めてきてペソア教授に手紙を委ねたときのように、開封され、読まれなかったと、あるいは紛失しなかったと私に保証してくれるものは何もない。もし調査が行なわれたりでもしたらなおさらだ。彼を、そしてインディオも守るため、私はこの唯一の手紙を自分のもとで保管した。あなた以外の誰もそれに目を通していないことは確認した。あなたには手紙のところに一通のメモを送っておいた。実際、コードで暗号にされているメモなのだが、私が誰に宛てているのか、あるいはどんな目的なのかもわからないまま、以前に母親へ送ろうと決意したお悔やみの手紙を書くのを手伝うように頼んだこともあって、故人の親戚のことを扱っているのだろうと考えていた、ペソア教授が英語で書くのを助けてくれた。彼の所有していたものの後を追って来たのではないから、あなたがそのメモを受け取っているのか、あるいはそれを理解しているのか私には全く確信がない。あなたを待って数年が経ったが、もう私は危険を冒したり死に立ちむかったりすることはできない。今月、雨が降り始める。明日、私はカロリーナへ戻る筏へ乗るつもりだが、その前にあなたがやってくるときのために、この遺言を残そう。

2

誰も私にたずねはしなかった。そして、それゆえに、私もまた答える必要などなかった。それまでに彼についての話を一度も聞いたことがなかったとは言えないが、第二次世界大戦前夜に彼が死んでほぼ六十二年後、とある土曜日、二〇〇一年の五月一日の朝、新聞記事で初めてブエル・クエインの名前を読むまでは彼が何者なのかについて少しも見当がつかなかったというのが実のところだ。その記事はまた別の戦争が勃発する数カ月前に出た。今日、戦争は、実際のところは永続しているのだが、以前にもまして時間通り起こるようになったらしい。私は何度も同じ段落を読み、以前聞いたことがあったということを理解するまで――あるいは確認するためなのか、もうわかりはしないが――夢ではなかったのだと確信するため、大声でその名前を繰り返した。記事は、ブラジルのインディオたちのなかで、今日もまだ学界によって議論されている状況において、やはり死んでしまった別の人類学者の手紙のことを扱っていて、一カ所でのみ、類似から、「一九三九年の八月、クラホー族インディオたちのなかで自殺した、ブエル・クエイン」の事件をざっと引き合いに出していた。

私はその記事を書いた人類学者を探した。初めは、電話越しで素っ気なかった。誰かが文章の詳細を理由に電話してくるのは奇妙だと思ったに違いないが、何も言わなかった。何度かEメールのやりとりをしたが、それは徐々に近づくのに役立った。彼女は個人的に私に会わない方がよいと思っていたようだ。私の目的が学問に関することではないという確信を得たかったのだろう。しかし、初めはあの男への私の関心を訝しく思うに到ったにもかかわらず、私の本当の意図をたずねはしなかった。あるいは、少なくとも、私のもつ理由について知ろうと食い下がってくることもなかった。彼女は私が小説を書きたいと思っており、私の関心は文学的なものなのだろうと推測したが、私は彼女に反論しなかった。経緯は実に信じがたいものだった。少しずつ、疑問と共にあの事件のなかへ入り込んでいくにつれて、自殺した民族学者に私が示した好奇心を彼女は当然のことと思うようになった。おそらくは思慮深さのためと、何らかの形で、彼女には思いもよらなかったであろう経験を通じて、私もまたあの事件において、ついに私たちが対面し、彼女が私に質問したときからずっと、もっと後になって彼女自身が私に疑っていたと明かすことになったあることを直感していたのだと感じたためだと思う。最初の手がかりを私に示してくれたのは彼女だった。

文書はブラジルとアメリカの公文書館に散らばっている状態だ。私は何度か旅し、何度か人に会い、少しずつパズルを組み立てていき、私が追い求めている者のイメージを創り上げていった。多くの人が私を手伝ってくれた。驚いて、新聞上で人類学者の記事を読み、あの名前を大きな声で読み上げたとき、初めて私自らの声でその名を聞いた日に始まった偶然と尽力とを組み合わせたということ以外、私に負うところは何もない。

ブエル・クエインは一九三九年の八月二日に自ら命を絶った——第二次世界大戦への青信号、そして、多くの人々にとって、二十世紀の最大の政治的な幻滅の一つ、ヒトラーとスターリンのあいだの非戦協定の署名の三週間前、アルバート・アインシュタインがルーズヴェルト大統領に宛てた原子爆弾で起こり得ることに関して警告した歴史的な書簡を送ったのと同じ日だ。クエインの死について資料をあさり始めるとすぐに、単なる偶然だが、私はアインシュタインの手紙への言及を見つけた。彼は何も目にすることはなかった。彼の世界は私のとは違った。戦争を目にすることはなかったし、爆弾を目にすることもなかった——クラホー族を観察するなかでの最後の狂気において、子供の頃に読んだ科学雑誌を思い出しながら、物理の法則と類似した「文化習慣という症候群」をインディオたちのなかに発見し、「原子に関する現象を統べるのと同じ数学的な原理」を社会現象に適応させようとしてはいたが。彼はほとんど子供のように科学やテクノロジーに魅力を感じていた。人間が死から逃れようとすればするほど、自らの破滅に近づくのだとは考えなかっただろうし、おそらくそうしたことが科学の隠された不実なる意図、その代償なのだということは彼の頭には浮かんでいなかったのだろう。インディオたちのなかに観察し、直感によって彼自らの経験に結びつけた多くのことがその結論に非常に近いものへと彼を導いたかもしれないのにである。自ら命を絶ったとき、彼はカベセイラ・グロッサの村からマラニャンと、当時はまだゴイアスの一部で今日ではトカンチンス州に属しているところとの境界にあるカロリーナへと、歩いて戻ろうとしていた。二十七歳だった。嘆きながら、自殺する前の最後の時間に書いた少なくとも七つの手紙を彼は残した。私が読むことのできた四通の手紙の内容から判断するに、世界を秩序ある状態にすることを望んでいた。それらの手紙は彼の指導教員、ニューヨークにあるコロンビア大学のルース・ベネディクト、リオデジャネイロの国立博物館の館長エロイーザ・アルベルト・トーヘス、友達となったカロリーナの技師マノエル・ペルナ、街の警察官アンジェロ・サンパイオ所長に宛てられていた。あらゆる罪からインディオたちを免除させ、彼の遺言執行人たちを指定し、彼の財産処理について、彼らを指導することを望んでいた。彼の死後、どのように手続きをすべきか生きている人たちに指示を与える手紙だ。私が見つけることのできなかった手紙のなかには、しかしながら、医者である父、エリック・P・クエイン博士に宛てられた手紙が少なくとも一通はあったことがわかっている。彼は離婚したばかりで、ノース・ダコタのビスマルクにあるアネックス・ホテルに滞在していた。もう一通は、マトグロッソのタウナイに妻と居を定めたアメリカ人宣教師のトーマス・ヤング師に、三通目は、彼の姉マリオンの夫、義理の兄弟となるチャールズ・C・カイザー宛てであった。そして、それらには指示さえ残していない可能性が十分にあり得る。

クエインは一九三八年の二月にブラジルに到着した。カーニバルの前夜、リオデジャネイロに上陸したのだった。あらゆる悪徳、不逞（マランドラージエン）、売春のたまり場である、ラパのゲストハウスに住むことにしていた。一年と五カ月後には死んでしまった。知らせを受け、ニューヨークのコロンビア大学のある同僚たちは彼がブラジルへ来たというのは意図された自殺計画の一部を成していたのではないかと推理し、他の同僚たちは殺されてしまったのではないかと疑った。初めはカラジャ族のインディオを研究する意図でやって来た。最終的にはコロンビア大の他の人類学者ウィリアム・リプキンと彼の妻によって行なわれることになったのと同じ調査であった。リオに到着するとクエインは計画を変更した。シングー上流の、コリゼウ川に住む近づくことのできないトゥルマイ族のインディオたちは絶滅の途上にあったが、有名で文化水準の高いカラジャ族よりもはるかに大きな挑戦を、怖いもの知らずで、野心に満ちた、若い民族学者が、彼らをその虚しい意固地の対象に変えてしまえば、結果を予見したり評価したりすることはできない挑戦を意味していた。一九三八年の彼の孤独なトゥルマイ族の調査は困難、予期せぬこと、葛藤、妨害が顕著であったが、それらによってそのフィールド・ワークは中断され、新国家体制（エスタード・ノーヴォ）〔一九三七年から一九四五年におよぶヴァルガス大統領の独裁体制のこと〕の政府関係機関との不和をまねき、一九三九年の二月にはリオデジャネイロへ強制的に帰還させられることになった。彼のすでに不安定になっていた精神状態への追い打ちだった。

　当惑した彼が首都〔当時リオデジャネイロはブラジルの首都〕へ戻ったときというのは、船で渡って来たコロンビア大学の同僚チャールズ・ワグレーがブラジルへ到着したとき、またルース・ランデスがその都市に立ち寄ったときでもあった――そのニューヨークの若い人類学者はバイーアの黒人とカンドンブレ〔ブラジルのアフリカ系の文化・神話に基づく宗教的儀式」を研究する目的で数カ月間ブラジルに滞在していた。三人は、社会参加によって習慣を説明し、それによって個人に関する通常と異常の概念を相対化する試みにおいて、文化と人格を関連づけたことで知られるようになった人類学の潮流の代表者の一人であるルース・ベネディクトが目をかけていた生徒だった。三〇年代半ば、ニューディール政策が開始された頃、フランツ・ボアズによって運営されていた、コロンビア大学の人類学部は学問的に社会における偏見の根を断ち切ろうとしていたリベラルな思想に惹かれた学生たちを受け入れた。生徒や同僚の証言によればベネディクトは、帰属している世界に肌が合わず、アメリカ文化の規範については何らかの形で適合することができない学生たちをひいきにしていたという。自分自身についての何かを彼らのなかに見出し、彼らを保護していたのかもしれない。

　生徒の自殺の知らせを受け、研究休暇（サバティカル）が始まり、こもっていたロッキー山脈の地域にある、カナダとの国境で一人になったばかりであったが、ベネディクトはクエインの母へ一通の手紙の下書きをしていた。「私の秘書が電報を送ってきたところでして、私自身も苦痛のただなかにあり、あなたのことを思うことしかできません。彼はあなたのことを息子としていつも案じていました。悲しくてたまりません。私のすべての生徒たちのなかでも、最も暖かい場所をこの心のなかにとっておき、そしてこの瞬間にはこの喪失を思い、その理由を私たちはまだ知りませんが、彼の苦しみに涙を流すばかりです。彼が一生懸命に仕事に取り組んだことを決して忘れることはありませんし、それを発表するときには、フィールド・ワークの最前線にすえるように支援できることにはうれしく思います。彼は多くのことを成し遂げましたが、私は、内心では、まださらに多くのことを成し遂げたかったのだと思っています。つらくて身じろぎもできません。神が苦しんでいるあなたを慰めて下さりますように」。

ブエル・クエインは、マディソンのウィスコンシン大学で、一九三四年に動物学を修めた後、コロンビア大の人類学部の大学院に受け入れられた。彼が学部生だった数年間は、文学や音楽を始めとして、様々な事柄にも興味をもっていた。まだ二十四歳だったときの、彼の最初のフィールド・ワークを経て、コロンビア大の若き民族学者が南大西洋のフィジー諸島のなかのヴァヌア・レヴのとある村で収集した伝説や歌の転写を載せて書き、彼の死後、一九四二年に出版されたのが『首長たちの飛翔』（*The Flight of the Chiefs*）という著書だった。その序文で、その友情、死、不死の追求というテーマが特に学部生時代のブエルの関心を惹くことになった、バビロニアの『ギルガメシュ』叙事詩の英語版の著者、マディソンのかつての英語の先生ウィリアム・エラリー・レオナルドは、冒険精神を賞賛し、ブラジル奥地での早すぎる死を嘆くと同時に、元生徒の世界旅行の一覧を作成している。十六歳で、中等教育を終えると、ブエルは自動車ですぐにアメリカを横断してしまった。大学に入る前の一九二九年は、ヨーロッパと、エジプト、シリア、パレスチナと巡った中東で六カ月を過ごした。翌年の休みには、ロシアへ行った。試験を受けた後、一九三一年の二月には、上海へむかう蒸気船の乗組員として、六カ月間の船旅をした。一九三五年は、ニューヨークにいたが、翌年はフィジーにいた。その民族学者の死の数カ月後、ブエルの母に宛てた手紙で、エロイーザ・アルベルト・トーヘスは実に短い時間のなかでなされた多くのことに驚いてこう言っていた。「こんなに若くして、こんなにもたくさんのものを見ていたのですね。なんていう人生なのでしょう！」。

誕生に際しての最も説明しがたいことというのは両親が危うさや彼らが創りあげたものの計り知れなさを覆う盲目の幸福感、彼を授かると彼方で告げられる未来を予見することはできず、そしてその点でのあらゆる予防策が無意味であることを、約束された兆候に変えさせてしまう希望である。もしそうでないとすれば、人間というものは、献身的に命を奪う母の手によって、地球の表面から消えてしまっていたというのは十分にあり得る。ブエル・ハルヴォール・クエインは一九一二年五月三十一日、夜の十一時五十三分に、ノース・ダコタの州都ビスマークの病院に生まれた。出生証明では新生児眼炎に対しての然るべき処置、それと共に新生児への性病の伝染に対する慣例の処置が行なわれたと説明されている。自殺からおよそ五年後、一九四四年の彼の誕生日である五月三十一日の手紙で、彼の母親はエロイーザ・アルベルト・トーヘスへ次のように書いた。「今晩で彼が生まれてから三十二年になります。小さい頃、いつ生まれたのかとたずねる人たちにはこう答えていたものです。『六月になる十分前』と。五年前、彼はカロリーナから私に誕生日を祝う最後の手紙を書いてくれました」。

ブエルの父、エリック・P・クエインは息子が生まれたとき四十一歳だった。医師であり外科医であった。スウェーデンに生まれ、中西部における医学の先駆者の一人であった。一八九八年に卒業し、最初のX線装置のほかに、近代的な外科手術の方法をビスマークにもたらした。一九〇七年に開業した診療所は未だにその地域の主要な医療の中心の一つであり、ごく最近までクエイン・アンド・ラムスタッド診療所と呼ばれていた。

ファニー・ダン・クエインは三八歳だった。出産は三度目で、二度目はうまくいっていた。夫婦にはすでにマリオンという娘が一人いた。ファニーは、夫と同様に、アナーバーにあるミシガン大学をやはり一八九八年に卒業した医師であった。ノース・ダコタで最初に医師免許を取得した女性だった。一九〇三年の三月二十五日に、結婚するとき、仕事を辞め、家事に専念するようになった。しかし、生涯のうち、公共奉仕、特に健康や教育に関係した慈善活動家の仕事へ積極的に参加した。ブエルが生まれたときは、ビスマークの中等教育者理事会のメンバーであり、州の結核患者たちのためのサナトリウム建設にむけて尽力し、一九三六年には民主党の党大会に参加した。

ファニーとエリック・クエインは息子の自殺の少し前に離婚していた。ブエルの死を——後に、奇妙で、苦々しさに満ちたある手紙で、娘のマリオンがルース・ベネディクトに明かしていること にもかかわらず——明らかに受け入れられない様子で、父は自らの知恵をしぼり、ノース・ダコタの影響力ある上院議員ジェラルド・ネイに国務省の近くへ調査依頼を携えて入れるようにしてほしいと訴えた。ひとたび自殺の明白な証拠が確認されると、その案件が先へと進むことはなかった。

息子の死後、エリック・クエインは西海岸へと移り住み、父と娘がうまくいっているという様子はなかったものの、少なくとも年末のパーティのあいだは、娘一家のところへ行くのが決まりとなっていた。再婚し、一九六二年にオレゴン州、セイラムで亡くなるまで、医師の仕事を続けた。ファニー・クエインは孤独、息子の思い出、「世界のかたすみから何度も家へと持ち帰ってきたものに囲まれながら」生きることの困難を克服しようとした。初めは、「彼が一番好きだったが、今や黙りこくってしまっているもの」であるピアノを始めとして、そうしたものの雄弁な沈黙と共に生活せずにすむように家から離れようとした。一九三九年には、娘と一緒にシカゴ、そのあとオレゴンに滞在し、ポートランド郊外のフッド山の近くでクリスマスを過ごした。カリフォルニアの親戚も訪ねた。しかし、ある使命感から、ルース・ベネディクトとブエルの残した財産を頼りに、彼がフィジーで書いたノートの出版に尽力したのだった（『首長たちの飛翔』（*The Flight of the Chiefs*）以外に、一九四八年に、『フィジーの村』というタイトルで、一九三五年から一九三六年のあいだに、ヴァヌア・レヴの先住民たちに囲まれて過ごした十カ月に関する他のレポートが出版されている）。息子がクラホー族の言語について整理した手稿を用意できるように言語学も勉強した。エロイーザ・アルベルト・トーヘスとの手紙のやりとりにおいては、苦悩に満ちた女性であったことがうかがえる。離婚したばかりで息子もなくし、突然に世界で一人になってしまったというときの困難を差し引いても、それらの手紙のなかには、あたかも、息子の自殺の理由を知りたいという以上に、誰かがすでにそのことを知っていたり見つけに来たりするのを恐れるかのような、奇妙な熱意が残っていた。彼女は一九五〇年に、七十六歳で亡くなった。

自らの命を絶つ二カ月前、その人類学者は手紙のなかでインディオに関する仕事を中断しアメリカへ戻らなければならなくなった「家庭の問題」に触れていた。エロイーザへむけて、一九三九年の六月五日に彼はこう書いている。「あなたが送ってくださった二コント〔当時の通貨の単位で二百万レイス、もしくは二千ミル・レイス。現在の日本円ではおよそ八十八万円〕でバイーアかベレンを経由してニューヨークへ戻ることができそうです。リオデジャネイロへ戻りたいと思っても、家庭の問題のせいでアメリカにいなければならないのです。家族のかかえる病気について何かしら話しましたけれども、私をわずらわせているのはそのことでもありません。私の両親は六カ月続いた離婚協議を終えたところです。彼らは七十歳近くなのですが、三十年かそれ以上のあいだ互いに憎み合ったわけです。私の父はやせ細った様子で老いによる衰えに耐えています——おそらくここ六カ月の間に彼に過去を掘り下げるように仕むけているのはそうしたことなのでしょう。あなたは私を極度の物質主義者だと思われるかもしれませんが、わずかな財産を得て、民族学に役立てるようにするという希望を抱いてアメリカに戻らなければなりません。とはいえ、もう手遅れになってしまうことが心配です」。

エロイーザ・アルベルト・トーヘスは活動的で権力のある女性だった。ラテンアメリカが専門で何度かブラジルに立ち寄ったフランス系スイス人の人類学者アルフレッド・メトローの書くところによれば、太っていて、とても血色が悪く、青く染めた髪をしていたという。若い頃は興味深い女性だったに違いない。リオデジャネイロの裕福なブルジョワの一族の出身であった。常に権力と共に生きてきた。国立博物館の館長として、影響力を維持し、新国家体制（エスタード・ノーヴォ）のあいだはずっとその職に就いていた。彼女は、コロンビア大学と国立博物館の協定で、それによってブラジルで仕事をしていた若いアメリカの人類学者四人の主要な責任者であった――クエインのほかに、彼らの同僚チャールズ・ワグレー、ルース・ランデス、もともとはクエインがカラジャ族の調査へ一緒についていったウィリアム・リプキンがブラジルにいたのだった。自殺の前にブエル・クエインの書いた手紙のうち、一通はエロイーザ氏に宛てられていた。そのときまで、彼女はある種守ってくれる母のようにふるまっていたが、コロンビアの若い民族学者たちには、ときおり威圧的だった。あの手紙を受け取ったとき、きっと感じたに違いないことを想像するのは難しくない。

拝啓エロイーザ様、

私は伝染性の病で死につつあります。私の死後、この手紙をあなたが受け取ることになるでしょう。手紙は消毒されるはずです。私のノートと録音機（申し訳ないのですが、何も録音していません）を博物館へ送るように頼みました。ノートはコロンビア大に送ってください、お願いします。

私のことを最低だとお考えにならないでください。あなたの友情の念には感謝しています。

しかし、インディオたちが箱に詰めて、あなたに送ることになる収集品のカタログを完成させることはできません。私の不手際の責任をとって二コントをあなたに送るように頼みました。ですが、もしあなたが収集品の一部を受け取ったら、どうかインディオたちのことを思い出して、カロリーナのマノエル・ペルナにふさわしいと思うものを送ってください。

リプキンとワグレーが彼らの期待通りに成功を果たすことを望みます。

敬具
ブエル・クエイン

彼らはジョアンとイズマエルと呼ばれていた。彼に同行していたその二人のインディオは、六月三十一日に村を出るときに案内のために彼の呼んだ二人の若者であった。彼らがカロリーナの技師で、その街では民族学者のただ一人の友人だったマノエル・ペルナに語ったところでは、旅の二日目に日が暮れるころは、まだおよそ九十キロメートル先へ進んだところだった。公式の説明によれば、彼らが白人たちの言語で呼んでいたように、クエイン・ブエル（Quain Buele）、またあるいは、クラホー族の言語で彼らが名づけたように、カントゥヨン（Cãmtwỳon）は、沼地の近くで一晩を過ごしたいといい、立ち止まるように頼み、疲れてしまって先に進めないと口にしたという。インディオたちによれば、その民族学者はいかなる身体の病気の兆候も見せてはいなかった。衰弱は心理的なもので、実家から最後に手紙を受け取ったときから、すでに数日にわたって続いていた。

一九三九年の八月十二日、エロイーザ氏に送った手紙は、クエイン自殺の知らせと共に明け方すでに彼女へ送っていた電報を確認するためのものだったが、マノエル・ペルナはその人類学者に関して書いている。「彼がこれほど痛ましいかたちでいなくなってしまい残念でなりません。彼をそのような行為に至らせた理由をまだ私たちは知りません。正確だと判断できる情報元から集めた話によれば、私たちに言えるのは家庭の問題のせいだろうということです。インディオたちが述べるところによれば、最近、両親や家族の手紙を受け取ったとき、ずいぶんうんざりしている様子で、受け取った知らせは全く喜ばしいものではないとさえ口にし、手紙を引き裂いて、燃やしてしまったのだそうです」。

3

これはあなたがやってきたときのために。九夜だけだった。あたかも彼を自殺へと至らせた理由を知らないかのように私がふるまったのだとすれば取り調べを避けるためだった。警察は事件の情報をつかみ、アメリカ人たちの依頼で事実と財産の目録を作成した。私を悪いと思わないでほしい。何も答えることはできなかっただろうから。沈黙はあなたを待つあいだ、何年も抱えてきた重荷だった。もはや私と共に全てが消え去ってしまうというような危険を冒すことはできない。むろん、彼が自ら命を絶つ前に受け取った手紙の内容を私が知っていれば、クエイン博士が、お金や食料品を集めるため、しかし、とりわけ、私に語ったわけではなかったが、村で一人誕生日を過ごすのをおそれていたため、街にいたときであったカロリーナの二度目の滞在の数週間後に、インディオたちのもとへ戻る旅にすでに出発していたときに、すなわち六月の初めに届いた手紙を彼に渡すためだけに兄弟を遣わせたりはしなかった。手紙と一緒にして、私が彼に死の宣告を送ってしまったのだと知っていれば、私自身が赴いていただろうし、彼を安全に街へつれていくために、必要だったのなら一人で歩いて赴いていただろう。届いたらすぐに荷物運びを通じて手紙を送るように彼は私に約束させていた。返事を待っていたのだ。そして、それが彼の本当に待ち望んでいた返事だったということに私はもう疑いを抱いてはいない。私を許してくれるようお願いしたい。疑いと共にあなたを取り残してしまったことはわかっているが、あなたに保証できるのは彼がそれを受け取ったということだ。私の兄弟に渡す前に、六月の初めにコンドルの飛行機で届いた最後の郵便の封筒のなかに、死ぬ前の時間に彼が書いた手紙の受取人たちのなかから後に私が知ることになった差出人の名前、あなたが今、そう思っているかもしれないが、ブエル博士の形見の代わりにと、私が手元にとっておくことを決めた他の全ての手紙のなかにあったまさにあの手紙、そしてインディオたちを守るために、彼があなたに残した手紙を私は読んだ。インディオたちは私の兄弟を通じて送った最後の手紙を受け取った後、彼がおそろしいほどに没頭した状態で、村でのそれまでの生活では経験したことのない孤独を過ごすようになったと言っていた。彼がカロリーナへ戻る最後の旅程のなかで燃やし、それによって幾度も泣きながら、真夜中に自殺する前、彼の残した手紙を書くために必要な火と灯りを得たのがそれらの手紙だった。しかし、彼の手紙からは、誰も何も知ることはなかった。それ以上村に留まることができず、インディオたちに彼の決心を伝えようとしたとき（「もう雲にここから私をつれ出すように頼んだんだが、何も起きなかったんだ」と、彼はあるインディオの女性に語ったらしいが、他には何も信じないようにとあなたに頼みはしない——真実はただ聞く者の信頼にかかっているのだから）、彼は実家の悪い知らせを受け取ったのだと述べた。ある人たちには、父が高齢で、お金のない母を捨てたと語っていた——しかし、最後にカロリーナにいたときからすでにあのことを私に話していたのだとすれば、それが彼をあんな状態にした悪い知らせであるはずがなかった。また別の人たちには、妻が彼の兄弟と共に彼を裏切ったと語っていた——しかし兄弟などいなかったことを私はよく知っている。いかなる病気のことについてもインディオたちに話してはいなかった。彼らを驚かせたくなかったのだ。読む前に手紙を消毒するように頼み、伝染性の病気の原因を白人たちに留めることを選んだわけだ。エロイーザ氏、そして、私の知ったところでは、アメリカの彼の先生に少なくとも告げた理由だった。私が口をつぐんでしまうとわかっていながら、私に宛てた手紙のなかで、私に告げた理由だった。私以外の誰も決して彼があなたに残した手紙のことは知らない。この何年ものあいだずっとあなたを待ってきた。沈黙の重みには罪の重みが加わってきた。だが、あのとき、選択肢はなかった。数日のうちに、もう全ては忘れられてしまい、街は元の穏やかさを取り戻した。五カ月前アメリカの民族学者の到着を知り、すぐに彼につきまとい、セルタン文学アカデミー〔セルタンはこの場合、沿岸の地域に対して内陸の地域を指す〕と呼ばれていたウンベルト・ジ・カンポス〔ブラジルのマラニャン州出身の作家〕邸の創設パーティに招待するように指図していたまさにその人々が今や彼の名前や彼がこの街に立ち寄ったことをよく思い出せないのだと考えると信じられない。カロリーナの高名な人たちなのに。私の考えていることを語ろうとする私自身は何者なのか？　私は無知だと思われているが、私は馬鹿ではない。彼らを喜ばしてやるためというのなら、彼らが私に望んでいる敬意だって払おう。あの三月の眠気を誘う昼下がりにやって来た男は悩み苦しむ一人の男だった。村への出発前夜、彼は考え込んでいた。彼を待ち受けていたものに気づかないふりをするためだったのか、あるいはただ気づこうとするためだったのかどうかはもうわからない。ときおり、どの瞬間に彼はむこうの誰も想像さえできなかったであろうことを想像するようになったのか、どこまでだったら彼が死に赴かずにすんだのかと私は自問する。実際、インテリたちのパーティには顔を出していた。なにか困惑した表情を浮かべたまま、彼は小さな群衆に捉えられてしまっていた。街中が文学会の創設パーティの演説を聞くようにと招かれていたのだ。扉や窓におしかけて、理解していないものの、あのなかで何が語られているのか聞こうと、屋内と学校の校舎の周囲にぎっしり集まった群衆のなかで彼が私の目を見ることはなかった。しかし、私が彼の目を見たのはそこで、二度目だった。

4

誰も私にたずねはしなかった。そして、それゆえに、私もまた答える必要などなかった。誰もが自殺者たちは何を知っているのかを知りたがる。初め、あれは単に感情的な死であったかもしれないという安易な説へとなんとなくたどり着き、その痕跡を集中的に探すことにした。関わりのあった人が他にもいたはずだ。何人も世界で完全に一人でいることはできない。彼の願望や感情を明らかにしているような手紙があったはずだ。一九三九年の三月八日の朝、カベセイラ・グロッサの村までの六日間の旅のためのラバと食料品を待っているあいだを、クエインはタイプライターにむかって座り、手紙を整理するのに利用した。三カ月の最初のうちは村で孤立しがちだった。そうしたあいだは配達人や荷物運びがひょっこりやって来ることもなかったようだ。六月の前はカロリーナへ帰ることは考えていなかった。私はそれらの手紙のうちの三通を読んだ。最も長いのはブラジルでカンドンブレを研究していたコロンビア大の同僚ルース・ランデスに宛てたものだった。他の二通は、エロイーザ氏と、リオデジャネイロに寄ったときに知り合った、彼女の助手のマリア・ジュリア・プーシェに宛てて書いている。国立博物館の館長への手紙で、クエインは現実的な問題、サンルイスの警察での身元登録、送金、インディオたちへの贈り物の出費に触れていた。マリア・ジュリア・プーシェには、敬意をこめながら、カロリーナの最初の印象を描写している。

私はサンパウロ大学のある人類学教授を探すように勧められるまで、その手紙の存在を知らなかった。彼女のおばは、やはり人類学者で、もう亡くなっているが、民族学者の死の少し後、一九四〇年に、アメリカで、クエインの母を訪ねていたらしい。電話番号を手に入れ、教授に電話したが、彼女はおばが息子の自殺のすぐ後にファニー・クエインを訪ねていたかもしれないことを知らず、私が想像もできなかったことや彼女に初めてブエル・クエインについて、そして私が電話した理由について話したときにもっと知りたいと思っていたことを明らかにすることをためらわなかった。「彼はママとちょっとした恋仲だったの、もちろん、私の生まれるずっと前だけど」と、あの変わった名前を耳にするや否や、彼女はそう語った。

その回答は私を黙らせてしまった。まさにというのも、一九三八年の二月、到着してすぐに、ブラジル芸術・科学研究調査監査評議会〔通称CFE。ブラジルにおける研究調査の監査や許可を担う政府の機関として一九三三年に創設され、一九六八年に廃止〕の会長にフィールド・ワークの許可を申請し、亡くなる前と死後の他のいかなる文章や書簡のなかにもその妻の他のどんな手がかりや言及もなかったが、「既婚者」と申告していた手紙に目がいってからというもの、その時点では、いたずらに、若き人類学者の特定できていない妻の名前を見つけようとしていたからだ。

一瞬、私は言葉を失った。「でも、彼は結婚していたんですよ！」と、思い切って口にしてみた。半ば侮辱されたと感じ、半ば腹を立て、教授が言い返してきたところでは、「いいえ、そんなはずないわ。リオデジャネイロの社交界で彼が通していたのはそんな風じゃなかった。私の母に通していたのもそんな風じゃなかったはずよ」ということだった。

恋愛に関する話で全てが明らかになるかもしれないと私は考えていた。私たちは大学で会う約束をしたが、そこで彼女は電話ですでに話したことは確かだと私に言った。そして、私が手紙に触れる前に、英語のまま、大きな声でそれを読むと言い張り、私の方を見つつ眉毛を弓なりにしながら、彼女には重要なことのようだが私には何も響かない事柄を強調しようと休止や抑揚を挟んだ。

拝啓ジュリアさん、

これはただのお手紙です。これから二時間したらクラホー族の村へ出発します。私たちは何枚かのズボンとシャツを待っています。私と到着したときにカロリーナにいたクラホー族のインディオたちの一団がです。ズボンとシャツは彼らのためです。私は彼らに服を与えたくありません、というのもそんなものなんてない方がずっといいからです——でも彼らは聞いてくれません。

昨晩、ウンベルト・ジ・カンポスの記念パーティへ行ってきました。彼の生涯と作品についての短いスピーチが十本ありました。カロリーナの人々が文学的な話題に示す関心には驚きました。語られていることを聞こうとして、人々が扉のあたりに集まり、窓に上っていました。私は半分しか理解できませんでしたが、聴衆が真剣に興味を示していることに感動しました。

教授はエロイーザ・アルベルト・トーヘスの公文書館で私がすでに目にしたことがあり、そのコピーをクエインがプレゼントとして教授の母にあげたという彼の肖像写真の複製も見せてくれた。写真のなかで、彼は、椅子に腰かけ、白いシャツを着て、カメラに正面をむけている。皮肉で挑戦的な表情を浮かべている。「オリジナルの裏面には献辞があるの。恋愛関係を示すようなものは何もないわ、もちろん。あの時代、彼らが語っていたのはそういう形だったの。ママはよく彼のことを話していたわ。とってもハンサムで、背の高い、褐色の肌をした男性で、普通のアメリカ人とは違うタイプの人だったたって。飛行機に乗る前、お別れをしたとき、彼は彼女にそのことを考えるつもりだとはっきり告げていたの。あなたは私が何を言いたいかわかるわよね？　婚約の可能性を真剣に考えるつもりだったということよ」、未だに手紙に触らせずに、彼女は言った。

教授は何が私に文書のコピーをこれほどまで渇望させ、彼女が読み始めてから私の口元に落ち着かない笑みを浮かべさせたのかを不審に思ってはいなかったようだ。一方で、「お手紙」が私に

ブエル・クエイン（エロイーザ・アルベルト・トーヘス文化会館―IPHAN〔全国歴史・芸術遺産院〕蔵）

とって期待はずれだったとすれば――彼女が私に信じ込ませようとしたのとはむしろ反対に、いかなる恋愛話も求めてはいなかったのだが――、他方で私は、村へ出発する前、ラバと食料品を待っているあいだ、あるカナダの調査員の女性がおよそ一カ月前に親切にも私にコピーして譲ってくれた、同じ朝に書かれた他の手紙で彼が語っていたジュリア氏が誰だったのかを解明したのだった。ルース・ランデスへの手紙で、マリア・ジュリア・プーシェに語られた同じ事実は、別の目によって、そしてとりわけ、より辛辣で、より真実味を帯びていて、より正直な言葉によって、女友達に心を開いた者の親密さ、共犯の感覚、幻滅によって眺められていたのだ。

親愛なるルース、

カロリーナはひどい所だ――文盲たちがいればインテリたちもいる。インテリどもは白いスーツにネクタイを締め、文学界に属している連中だ。僕はマラニャンの偉大な詩人、ウンベルト・ジ・カンポスを讃える集まりで彼らに加わった。十人も講演者がいた。十項目で詩人の生涯をというわけだ。そのなかにはこういうのがあった。モラリストのウンベルト、人道主義者ウンベルト、ユーモリストのウンベルト、そしてついには哲学者ウンベルトときた。もし馬鹿げた虚飾のためでなければそういうのは全てが実に共感できるものだったかもしれない。で、最後にリオデジャネイロのある若い弁護士（おそらくリオで大学を出たか何かしたのだろうが、僕が思うに彼は北部出身だ）が「彼は偉大なる苦悩者であったということを思い出さずにウンベルトを哲学者として語ることはできません。苦悩者ウンベルトを……」なんて語るのを聞くと実に幻滅させられた。それで彼が禁欲主義者だったということが明らかにされるんだ。というのもいつでも笑っていたからだそうだ。この最後の講演者が全員のなかでも最も優れた人みたいに落ち着いていていたな。

クラホー族のインディオたちの一団に会ったけど、彼らは恐ろしいほどに馬鹿に見える。おかしな髪の切り方をしていて、耳に穴をあけて、都市でも衣服を着ないままでいる。

ブラジル人たちと一緒になって服を脱いで公共の広場で自慰したい気にさせるこの国の都市についてはいろいろなことが山とある。でも自分を抑えるつもりだ。真面目にいうと、ジュリアさんみたいに、どちらかというと上品なタイプの人たちにさえも正直になることはできない。だから彼女に僕のことをずいぶん話してくれた君には腹が立ってるんだ。

ブエル・クエインは何をそんなに隠したがっていたのだろうか？

5

ルイス・ジ・カストロ・ファリーア教授は日も暮れる頃にニテロイで私を迎えてくれた。私はイタボライにあるエロイーザ・アルベルト・トーヘスの公文書館から戻るところだった。猛烈に暑かった。カストロ・ファリーアはブラジルに立ち寄った頃のクエインを知る最後の人々のうちでまだ存命の一人だった。イカライの彼のアパートの書斎で私たちは話をした。一九三八年に、二十四歳で、彼は、国立博物館の人類学者および監査評議会のメンバーとして、六月六日から十二月十四日のあいだ、レヴィ＝ストロースをマトグロッソからポルト・ヴェーリョまでつれていき、すぐさま人類学の古典となった『悲しき熱帯』に記録された大部分にあたる北部の山地への歴史的な研究調査に参加していた。新国家体制（エスタード・ノーヴォ）は外国人の研究調査に、レヴィ＝ストロース自身がいくらかの反感をこめて「税務調査官」と見なした人物である、ブラジル人の学者を一名同行させることを統制の

レヴィ＝ストロースとエロイーザ・アルベルト・トーヘス，その他の人々，国立博物館の庭にて（UFRJ〔リオデジャネイロ連邦大学〕／国立博物館公文書館専門局蔵）

形式として要求していたのである。エロイーザ氏が国立博物館の庭にあるベンチの中央に腰掛け、彼女の右側をチャールズ・ワグレー、ハイムンド・ロペス、エジソン・カルネイロに、左側をクロード・レヴィ＝ストロース、ルース・ランデス、ルイス・ジ・カストロ・ファリーアに挟まれている一九三九年の写真がある。今日、カストロ・ファリーアとレヴィ＝ストロース〔小説の発表が二〇〇二年のため、このようになっているが、両者共に、それぞれ二〇〇四年、二〇〇九年に死去している〕を除いて、全員が亡くなってしまっている。しかし、私がブエル・クエインについて調べ始めた後になってようやく気づいた写真における不在がすでにあのときにあったのだ。その時点では、彼はまだ生きて、クラホー族のなかにいたが、そのイメージは、どういうわけか、不在を通じた、彼の肖像写真であることをやめないのである。全ての写真には霊的な要素があるのだ。しかし、その点で言ってもこれは一段と恐ろしい。写真に撮られた全員がブエル・クエインを知っており、少なくとも彼らのうちの三人は墓へ私が決して知ることのできないであろうものを持っていってしまった。自らの妄想のなかで、私は何度も手にした写真に驚くようになり、興味を惹かれ、夢中になり、ワグレー、エロイーザ氏、あるいはルース・ランデスの目からむなしくも答えを引き出そうとしていた。

八十八歳にして、カストロ・ファリーアは頭がしっかりしていて、はっきりと話をし、どんな人でも同じことだが、主観的な印象によって歪められてはいるものの、ときどき私よりも優れた記憶力を有している人物だった。疲れることなく、一時間以上のあいだクエインについて話してくれた。初めのうちは、かなり不確かだった。彼らは友人となるにはいたらなかった。「私の彼との関係はうわべだけのものでね。彼はいつも私をうまくあしらった。私たちが親密になることはなかったんだ。彼と共同生活していなかったから、互いに顔を合わせていたくらいで、彼の私的な生活については何も知らない。クエインは特にワグレーの友人というわけでもなかった。私の思うところではね。彼らは同期だった。二人ともコロンビア大の生徒だったが、必要があって孤独だった。彼らは皆フランツ・ボアズの生徒で、そのことが人格について一つの特徴を示していた。ボアズはいい生徒を区別していたんだ。彼はアメリカ人によるブラジルでの人類学調査の指導者だった。ワグレーは私と同じ年齢だった。私たちはいつも一緒にいた。彼は私の友人、まさに友人だった。いつもブラジルにいたね。ブラジル人女性と結婚したんだ。私たちは彼のことをチャックと呼んでいたよ。彼は、公益事業の専門家として、戦時中、軍の仕事をしたんだ。誰もクエインの死にはショックを受けていなかった。コロンビア大の彼の同僚たちでさえもね。そうしたことは、人々が非常に個人主義であるアメリカではまあ一般的なことだ。エロイーザはショックを受けていた、というのも、ブラジルで、彼の調査の責任者は彼女だったからね。あの時代に誰かの責任をもつということは非常に重大なことだったんだ、というのはね、ブラジルという空間と調査について広くコントロールを働かせている公的な機関にかかる費用を報告しなければならなかったからね。抑圧的な機関がよく機能していたんだよ」。彼が話しているあいだ、私は数時間前、エロイーザ氏がイタボライの家の公文書館に残した書類のなかに、クエインの死の数週間前、あたかも彼女の生徒か部下であるかのように、カロリーナの警察官、アンジェロ・サンパイオ隊長を叱責する手紙を見たのを思い出していた。彼女は非常にいらだっていて、同国人たちの無能と遅さを前にした自らの無力さに憤っていた。マラニャンの警察によって保管されていたクエインの遺産を取り戻すために彼女が執拗に頼んでも、いかなる結果も生み出しはしなかったが、そのことが彼女をアメリカ当局とコロンビア大人類学部を相手とした実に難しい状況に置くことになってしまった。彼女の権威が試されていたのであった。手紙のなかで、彼女は毅然とクエインによって残された資料を要求し、その件はすでに「国の恥」になりつつあると隊長に語っている。

私は知らないふりをして、彼の身体的な外見についてたずねてみた。すでにおおよそ知っていたことについてではあったが、実際には現実のイメージよりも彼の残した印象と彼の姿が引き起こした反応の方により興味があったのである。「特別なところは何もなかったよ。彼は若かった、ずいぶんと若かった」。太っていたのか痩せていたのか？「彼は全く太ってはいなかったな。すごく痩せていたわけでもないがね。言ってしまえば、普通の感じの人だった」。金髪だったのか褐色だったのか？「はっきりとした金髪ではなかったな。むしろ褐色の方だった。特別な特徴などはなかったよ」。年老いた教授から何か引き出す難しさを前にして、知りたいと思っていたこととは反対のことをたずねることにした。醜かったのか？「いや、むしろハンサムな方だった、感じのいい人だったよ」。

少しして、カストロ・ファリーアはむしろアメリカ人の同僚の「常軌を逸したところ」について話したがるようになっていき、私たちの長い会話のあいだにブエル・クエインがコパカバーナの豪華なレストランで彼にふるまい、たいそう感動させたディナーのことを一度ならず引き合いに出すようになっていた。「信憑性が確かめられることはおそらくないだろうが一つ君に話をしよう。ワグレーがあるとき、彼らがコロンビア大学の同期だったときに、彼、ワグレーが受け取っていた奨学金でクエインに何度かお昼をおごったんだ。奨学金を彼に与えていたのがブエル・クエイン自身だったことを発見したのはもっとずっと後になってからだった。金は彼から来ていたわけだ。そういうことはアメリカではありふれたことで、君が資金を提供するということだ。それが彼の特徴だった。噂されていたところでは、とても裕福だった。両親とも医者の息子だったからね。たくさん金を持っていたんだ。でも金を使うことは嫌いだった。一つの執着だったんだな。つまりそういう資金を持っているということを明るみに出したくないということ、そして彼の本当の状況を隠す様々な状況に常に生きたいということだ。一度、君も検討がついているだろうが、ヒアシュエロ通りの三軒目のホテルに住んでいたとき、彼はコパカバーナの豪華なレストランでディナーをご馳走してくれたんだ。金を浪費しないようにとね。彼は金持ちでいることが嫌だったんだ」。

金の問題は特別な一章を書くのには事欠かないだろう。第一に、貧しくもなくて、それには程遠かったのだが、家庭の話においてクエインが特別に恵まれた環境の出だということを示すものは何もなかった。両親は中西部の成功している医者だった。ブラジルでのフィールド・ワークのあいだ、若い民族学者は現実的な困難という局面をむかえるに到った。金を求めてカロリーナへ戻るとき、一九三九年五月二十七日付けのエロイーザ氏への手紙で、彼は次のように話している。「お金が届いた今となっては、ルースにずいぶんと絶望してお願いの手紙を出してしまい自分が馬鹿だと感じます。カロリーナの人々はとても親切でして、皆が必要な支払いを猶予してくれました。ですが、借金はかさまない方がいいと思っています。靴もはかずにカロリーナへ戻って、私のみすぼらしい身なりのせいで心許なさを感じていました。そのような状況にいる自分を目にするための唯一の言い訳となるのは民族学研究に可能な限りすべての時間を捧げるのが重要だと考えることです。しかし、あなた方の手紙が私に用意してくださった社会的な立場を尊重できていないことへの弁明はあなた様とオートン博士〔国立博物館の地理学者、レオナルド〕への私の義務であります。よく言えば、オートン博士の友人とはなんとかやれています——しかし、私のみすぼらしい姿と下手なポルトガル語のせいで、彼らの前では臆病になってしまいます。きっと、私のそのふるまいのせいで、彼らが私のことを無礼だと思っているはずです」。

クエインの遺産の元金は保険と自らの倹約に由来していた。しかし、彼の死後、エロイーザ氏、マノエル・ペルナ、ルース・ベネディクト、その民族学者の母親と姉のあいだでの書簡のほとんど全てが、彼の残したお金をめぐって回っていて、誰も手をつけようとは望まず、故人の指示によって譲与し、然るべきところへむかわせることを説得されていたというのはなんとも信じ難いことである。数年後、学部内のとあるいざこざで、ルース・ベネディクトは、あたかも生徒の死を予見し、彼女によって管理されている調査基金に財産を寄付するという決断を前もって知っていたかのように、彼の財産を相続するという考えをすでにもっていてクエインをブラジルに送ったのだと、敵たちに非難されたが、それは全く信憑性がなかった。故人によって残された手紙の大部分は他のことを話題にしていない。しかし、コロンビア大でのワグレーの奨学金の件では、少なくとも、カストロ・ファリーアが日付に関して勘違いをしている可能性がある。というのも、大学の人類学研究を支援する基金はクエインの死後、彼の指示に従ってようやく創設されたからである。豪華なレストランの話については、興味深いことに、やはりコパカバーナのレストランにおいてであったが、このときは人類学者アルフレッド・メトローと一緒であった別のディナーへの言及が、そのときまでは私が取材した誰も、いかなる文書もあえて直接言及しようとしていなかったクエインの人格という次元を示めすことになったのは、ずっと後になってからのことだった。

ある人たちはクエインの死を彼の幻想によって説明しようとした。一九三八年の終わる頃、チャールズ・ワグレーがリオに到着したことを告げたとき、ウィリアム・リプキンはエロイーザ氏に次のように書いた。「彼は最高の人間です。ブエルのように幻を追いかけさせないでください」と。リプキンはコリゼウ川のトゥルマイ族のなかでの同僚の困難を極める研究調査について触れていた。さらに五年経った、一九四三年の四月三十日、エロイーザ氏自身がミズーリ州、セントルイスの、ジョン・J・フェラーという人物の執拗な追及に応じることを強いられた。彼女の回答は人々に誤解されるかもしれない点についての考えを明かしている。

拝啓、

この手紙であなたを失望させてしまうと思いますが、あなた様からいただいた伝説上の黄金の都市をブエル・クエインが追い求めたことについての情報は全く不適当で、考えうる最小限の証拠さえも含んでいません。

ブエル・クエインはマトグロッソ州のシングー川流域のいくつかの部族のなかでフィール

ド・ワークを計画した人類学者でした。フィールドについての彼のレポートやメモは学問的な関心に限られたもので、金やら失われた都市を求めてさまよったということなどではなく、学問的な意図の他に有用性はありません。ブラジルでの二度目の研究調査で彼は、マラニャン州の南部に暮らすクラホー族のインディオたちのもとへむかいました。クエイン博士は一九三八年にブラジルへ到着しましたから、彼が一九二七年に研究調査を計画していただろうというあなたの考えには根拠が欠けているというわけです。

「私が彼の抱いていたと認められる唯一の幻想は金持ちのいない世界というものだった。というのも、それは実際のところ一つの世界観だったからね。彼は金持ちのようになりたくなかったんだ。それは彼の最も際立った特徴の一つだった。間違いない。ラパの三流の下宿屋に住んでいたとき、コパカバーナの豪華なレストランでのディナーに私を誘ってくれたというのは興味深い経験だったよ。公的な生活と私的な生活とのそうした対比があったわけだ、彼は金持ちのように落ち着いて暮らす可能性を否定してはばからなかったけれども友人たちにはそうした条件を保証していたからね。彼はいつもそんな妄想を生きていた、つまり『のように』ではなく現実に『である』ということ。彼は外的な文脈から完全に私的な生活を守ろうとしていたんだよ」と、カストロ・ファアリーアは私に語った。

一九三八年の四月の末、パラグアイ川を上り、クイアバまで、彼を運ぶこととなった小さな船、エオロ号に、コルンバで搭乗し、レヴィ゠ストロースと対面したとき、カストロ・ファリーアが驚いたのは、ドアが開けられたままになったキャビンのベッドの上に、シングー川上流での一九世紀後半の研究調査が語られている『中央ブラジルの先住民について』というドイツの民族学者フォン・デン・シュタイネンの本をちらっと見かけたときだった。ブラジルにおける民族学の先駆けであり、古典であると考えられているその本のポルトガル語訳はまだなかった。あのキャビンに泊まっていた乗客はその分野の人でしかあり得なかった。「コルンバからクイアバへの旅の最中だった船に乗っている彼に会ったんだ。私は日記にこう記していたよ。『船上の民族学者』とね」。ブエル・クエインはポルト・エスペランサからクイアバへむかっていたところで、そこからトゥルマイ族のもとへ行こうとしていた。クイアバで、カストロ・ファリーアが驚いたのは、そのアメリカの若い民族学者がレヴィ゠ストロースの荷物が積まれたトラックの荷下ろしを手伝ったということだったが、そのことはただそのブラジル人の頭のなかにあったブエル・クエインが「あたかも単なる使用人であるかのように、絶えず何者でもないことを示そうと努めていた」という考えを強めたのだった。

クエインの私的な人生について私がこだわるのを前にして、カストロ・ファリーアはとうとう実際にその若いアメリカ人のおかしなところについての噂を耳にしたと認めたが、それは単に、わかったところまでいえば、彼が金持ちと認識されたくないと考えていた金持ちであったということに収束するのを繰り返したにすぎなかった。私はなんとしてでも彼が結婚していたのかどうか知りたかった。その疑問は見ることのできた全ての文書に載っている（会計監査評議会への許可申請における）彼の戸籍上の身分への唯一の言及によって以前、呼び覚まされたものだった。私には重要な点であるように思えることを確信させるのでも、あるいは確信させないのでも、なんでもいいから手がかりを求めていたのである。実際トゥルマイ族の研究調査の期間に直面しなければならなかった問題や困難をすでに見越したうえでの、許可を得るためのその民族学者あるいは国立博物館の策だった可能性はないのかと私はたずねてみた。「ホンドン〔カンジド・ホンドン、軍人、インディオ保護局の初代局長〕の時代、インディオには触らない、インディオと性的関係を結ばない、たとえ死ななければならないとしても、決して殺さないというあの考え方〔ホンドンが部下へ唱えたインディオ保護における方針〕が行き亘っていてね。そういう類の接触でインディオ保護局の多くの過ちが生じたんだ。彼が一人の外国人であるという事実は非常に重くのしかかったに違いない。愚かな純粋主義に由来していたＳＰＩ〔インディオ保護局の略称〕の考え方においては、結婚している方がよかったということはあったのかもしれない。ボアズの生徒たちは妻をつれていくことを勧められていたけれども、それはインディオ文化のいくつかの領域は男性には開かれていなかったからなんだ。男性には禁じられている事柄についてインディオの女性と会話をする妻のいる必要があるというわけだ。本当に彼が結婚していたのだとすれば、妻をつれていったと思うがね」と、カストロ・ファリーアは結論したが、私を納得させることはできなかった。

　私のこだわりから積み重ねられた結果によるものなのかはわからないが、ずいぶんと粘ったので、やっとのことで初めてクエインの「不安定さ」のことを話そうと、高齢の教授が自ら話題を取り上げた。「私の知る限り、彼は結婚していなかった。おそらくね。考えてごらん、アッパーミドルの階層のアメリカ人だったんだよ、結婚していてその後に離婚したのかもしれないだろう。まあ、両親が離婚したと言うのはいつも耳にしたが、そのことがおそらく彼の情緒不安定の理由だったんだ。両親もよく飲んでいたそうだ。彼が情緒不安定だったのかどうか確かめることはできなかった。情緒不安定だということで有名ではあったがね。クイアバで、到着して最初にしたことはピアノを探すことで、それは容易ではなかったんだが、最後には見つけていたと思う。しかし、クイアバは世界の果て。彼がかなりの腕前だったということをほのめかす話を聞いたよ。彼は音楽研究家だった。私がいつも話しているのを聞いたところでは、フィジーについて書いた本は彼が自分をより自由だと感じていた分野だった音楽や踊りを扱っているそうだ。彼はピアニストだった。行く先々で、すぐにピアノを探していたんだ。そしてクイアバでもそうだった」。私はブラジルの心臓に打ち込まれた、あの死んだ街の蒸し暑さのもとでピアノを求めて家から家へ駆け回る彼を想像した。私に提供してくれた最初の情報のお返しに、人類学者の女性にその話をしたところ、映画ができそう、もうその場面が目に浮かびさえすると驚いていた。『フィッツカラルド』〔一九八二年の西ドイツ映画〕のような作品を頭に浮かべていたに違いない。

「私たちはクイアバで少し共同生活をしたんだよ。そのあと、接触はなくなってしまったね。私たちの目的地は異なっていたんだ。彼はブラジル中央へむかい、私たちはマトグロッソからアマゾナスまで横断するつもりだった」と、カストロ・ファリーアは続けた。私はレヴィ＝ストロースとブエル・クエインが互いに面識があったのかどうか、あるいはクイアバではもっと親しくなっていなかったのかをたずねた。結局のところ、両者は異国の地の人類学者であり外国人であったわけで、二人のあいだにある種の共犯の感覚があったのではないかと推測していたからだ。彼は笑った。「いいや。それは非常に難しいことだった。私たちは一緒にいた、私と、レヴィ＝ストロースと、クエインがね、しかしただ社交的な機会に限られていたよ。レヴィ＝ストロースに誰の同伴もないことなどなかった。君は理解すべきことだがね、彼はフランス人、ノルマリアン〔フランス高等師範学校の学生を指す。準公務員という立場で給与を受けられる〕で、哲学を修めたフランス人なんだ。内気な人で、そういうのは哲学者に共通する姿勢なのさ、あたかも自分は違うんだというようにね。いつも複雑なことについて考えているんだ。レヴィがロバから落ちたのはおそらくそのせいだった。彼は旅やフィールド・ワークに慣れている人は誰も犯さないであろう失敗を犯した、ロバの上から投げ出されたんだよ。それで、ロバをなくして途方にくれた。実に口数の少ない人だ。クエインと対面する機会にはいつも、私たちの関係は非常に形式的なもので、私たち全員に指図していたのはエロイーザ・アルベルト・トーレスだった。彼は私にはいつも非常に感じのいい人のように思えた。とはいえある種の孤立というのも感じずにはいられなかったよ」。

私には、カストロ・ファリーアがこうしたことを私に語ったにもかかわらず、そうした機会にレヴィ＝ストロースとブエル・クエインが何ら絆を結ばなかったとは考えられなかった。というのも、彼らは、同じエスプラナーダというレバノン人の所有していたホテルに滞在していたからだ。二人はそれぞれの研究調査の準備をしていた。後になって私は知ることになったが、実際にはすぐさまお互いに打ち解けたのだった。一年後にクラホー族インディオについて書くことになったレポートで、クエインは「レヴィ゠ストロースとの接触によって」彼の意見に影響があったと語っている。クイアバで、彼らは話をして数夜を過ごしたわけだが、それはもっと必要と感じたとき腹を割って話せるようにそのアメリカ人の若者がフランスの人類学者を求めていたという事実を説明するものなのだ。そのときも彼はかなり悩んでいた。皮膚のいくつかの兆候から判断して、リオのカーニバルのあいだ出会っていたという娘との行きずりのアバンチュールの結果、梅毒に感染したのだと彼は思っていた。彼によれば、問題のその娘は自分が看護婦だと言って信用させたという。レヴィ゠ストロースは診察を受け、治療するためにもリオへ戻るようにと勧めたが、クエインは彼に耳を貸さなかった。さらに数年後には、ニューヨークで、そのフランスの人類学者がその出会いについてルース・ベネディクトへ報告している。

クエインは、大部分は耳の感染症のためだったが、ずいぶんと遅れを取った後、六月十七日に、シングー川とトゥルマイ族のもとへむかってクイアバを後にした。その前夜には、エロイーザ氏に、出発を報告する次のような手紙を書いていた。「雨が訪れる前には私の知らせを受け取られることでしょう」。

クイアバでのレヴィ=ストロースとの出会いからほぼ一年後、クラホー族インディオたちの一団と村へ出発する前にカロリーナでラバを待つあいだ、クエインは、実に変わった形で、彼の旅の同行者たちの最初の印象を、ルース・ランデスにむけて描写している。「僕がむかっている村の首長の父は逃亡奴隷だった。上顎の目に見える全ての歯は両側から削られている。黒人の特徴として君が書いていたそういう歯の切れ方（上顎の門歯の削れた内側の方）は先天的な梅毒に共通する症状でもあり、『ハッチンソン歯』とも呼ばれている。君はときどきブラジル人たちのなかにいくらかそういう例を目にするだろう。ブラジルに着いてから僕はもう三件は目にした。僕たちが黒人の特徴について話している時代にそんなことを考えたこともなかった。注意を払った方がよかったのかもしれない。いや、削れているのは門歯の外側だっただろうか？」。

ランデスはニューヨークのユダヤ系の娘で、ハーレムで黒人たちと生活を共にした後、人類学を学び始め、バイーアのカンドンブレを調査しにブラジルへやって来た。黒人の人種的特徴に関心があったというのは真実味帯びている。奇妙なのは特定の病理学的な条件による兆候と関連づけ、そうした特徴についてクエインが行なったなんとも取り乱したような連想、そうしたものをたびたび日常生活のなかで見つけていたこと、そして、あたかもそれをもらってしまわないように身を守り、あるいは何かを避けたることがうまくできたかもしれないのにとでもいうように、そうした情報にはもっと注意しておくべきだったと嘆いていたことである。

「彼の性的なことについての話は全く耳にしなかったよ」とカストロ・ファリーアは言った。「彼の自殺した後、たくさんのことが話題にされたが、とりわけ彼がハンセン病だったという話題があった。そんなことの証拠は得られていないがね。自殺の知らせが届いたとき――そうした情報はなんであれいつも多くの印象を引き起こすことになるものだが――、人々はおそらく病気だったのだと考えた。あまりにも予期せぬことだった。一度彼は私にこう言ったよ。『カストロ・ファリーア、僕は世界にこれ以上見るものが何もないんだ』。かつて、最も荒っぽく、あらゆるもののなかでも最も卑しい仕事ではあるが、世界を巡る船の乗組員だったんだ。彼は私に世界中を巡ってしまって、もうこれ以上見るものがないのだと言った。孤独な人だった。とても内気だった。もう世界のあらゆるものを見てしまった人のその様子は、まさに、もう現在にいることに何の関心も見いだせない人のものだった。彼の共同生活はかなり短いものになってしまった。ポルトガル語は学ばなかったし、ブラジルに関心もなかったと思うね。まあ、ブラジルについての本など見たことはないしね。彼が私に言ったことの繰り返しになるが、『カストロ・ファリーア、僕はもう世界ですることが何もないんだ。もう何もかも見てしまったんだ』ということだった。本当に全くもって予期せぬことだった。最高学府を出たアメリカの人類学者が、ブラジルで仕事をしていて、若く、しかもフランツ・ボアズの優秀な生徒の一人で、ボアズがとてもひいきにしていたという評判が伝わっていたから、すでに祭り上げられていたのに、ここで自殺するなんて誰も予期できなかった。それに、エロイーザ氏はボアズに指名されて、ブラジルにやってきた人たち全員に特別な敬意を払っていたのだからね」。

6

これはあなたがやってきて、もうすでに遠くかなたへたどりついたのに求め続けなければならない恐れを感じたときのために。訪ねた港のことを、いつも果てしない堂々巡りの探求の少し先へむかい、世界で見たものを、家に持って来たものを、彼が死んだ後、母に暗い影を落とすことになった物ではなく、彼がむなしくも偽ろうとし、疲れてぼんやりとしたなかカロリーナに到着したときに私が理解した表情を残した、その両目を、彼が世界で見たもの、アラビアの街で鞭打ちによる泥棒の死、彼の父が手術した子供の恐怖、どこであれ、あたかも彼からの救いを期待するかのように、彼と共につれていって欲しいとお願いした人々が身を捧げたということ、そういったものを運んで来た両目を、あなたに永久に印象づけたことを、彼はあなたにきっと話したに違いない。彼は私に、今いるところに居続けるよりも、略奪者かもしれないのに最初にあらわれた人に、無防備に身を捧げる方を選ぶ人に救いと見なされることの悲しみと恐れは誰にも想像できないと語った。そして私は想像した。あなたとは反対に、私が自らに問いかけている唯一のことは、誰かが彼のなかに救いを見出したと感じるようになったとき、破滅しつつあると彼が理解した瞬間、すべてがもっと悪いものかもしれず、彼の不名誉の尺度において彼の下に人々がいるのだということを理解した瞬間についてだ。というのは、彼らに手を差し伸べに行ったのだとすれば、いつだってあともう少しというもので、彼が下ろうと決心した瞬間というのはおそらくそれだったからだ。そして、私が彼に手を差し伸べる必要があったときには、もう私の及ぶところにはいなかった。特別な人格がいかにして形成されるのか私は考える。他のと同じようなのかどうか、私たちと同じようなのかどうか、と。腹のあんな傷一つを負うことになるのに、幼い頃、一人の男に何が起こったというのか？　どんな類の苦しみが彼のものよりもひどい世界との同調をもたらしたというのか、と。

7

新国家体制のブラジルでの外国人の状況は難しいものだった。彼らは常に監視下にあったという印象である。三〇年代末に国内で仕事をしていたコロンビア大の若き人類学者たちのなかで、おそらくルース・ランデスはこの上なく不案内な風土と恐怖を肌で感じていた。というのも、共産主義者であるという告発のもと、体制によって、追跡されたり、逮捕されたり出頭を命じられていたバイーアのインテリたちと、彼女は、プライベート上でも仕事上でも、付き合いがあったからである。彼女の研究対象であったカンドンブレの儀式に出入りしやすくしたのは彼らだった。そうしたことは彼女のルース・ベネディクトとの書簡が明かしている。一九三八年の五月のある手紙で、ランデスはクエイン——耳の感染症があってクイアバに留まっていた——から「悲痛な知らせ」を受け取ったと指導教官に述べているが、安全性を理由にボリビアから送付された手紙において、彼自身がベネディクトにさらなる詳細を明らかにしている。ランデスは「やけにぎこちない」言葉で弁解し、安全のこともあってこのように書かざるを得ないのだと説明している。クエインの憔悴はとりわけ然るべき許可なしにシングー川へ行こうとして直面した困難に原因があった。彼の単独でのトゥルマイ族の研究調査は次のような言葉でリオデジャネイロへ戻るように告げられた要請によって終わったらしい。「インディオ保護局長、ヴィセンチ・ジ・パウロ・テイシェイラ・ダ・フォンセッカ・ヴァスコンセロス陸軍中佐の勧告に従い、私は、こうした手段を通じ、むこうでのあなた方の滞在が当局の規約違反となっていると見なされているので、あなた方のいるトゥルマイ族インディオの村から退去するように勧めに来ています。健康と友愛を、労働省地域監督官代理、アルヴァロ・ドゥアルテ・モンテイロ」。ルース・ベネディクトへの手紙で、エロイーザ・アルベルト・トーレスは次のように述べている。「クエイン氏の側のいくつかの不審な行動は局によって法律違反と解釈され、この機関が、インディオの村での調査を彼が続けたいと望む場合、厳しい条件を課すということに到りました」。それは慣例だったとカストロ・ファリーアは言う。「レヴィ＝ストロースの研究調査で監査評議会の代表メンバーだった私でさえ、通行許可証が必要だったんだ」。

一九三九年三月のルース・ベネディクト宛ての手紙で、ランデスは「恐怖の二週間」の後、「この上ない心の孤独という状態」ですごしていると語る。「バイーアでのスパイ行為の話」を指導教官に報告していた前の手紙は次のように告げている。「もしあなたがこれを受け取っていないとすれば、多かれ少なかれ、意図的に、『紛失』されたに違いありません」。

戦争前夜、反米の強い感情も漂っていて、コロンビア大の若い人類学者たちは、すでにかなりの不信感を抱かれ、体制のやり口にも影響されやすかったので、相当に追い込まれ、頼れるものもなく、孤独であると感じていた。ランデスは、リオで「私たち三人（ブエル、チャック、私）はエロイーザ氏と一緒に若者たちへのある種の身分承認を得るために警察へいかなければならなかった」ときに抑圧と恐怖がおとずれたと語っている。

ブエル・クエインにすでに隠していることがあったのだとすれば、ただ政治的な立場というものが彼の私的な生活をひた隠し、あるいは、ほとんど偏執狂的ともいえるが、それを保護しようとするためのさらなる動機をもたらしていた。クラホー族の村へむかってカロリーナを発つ準備をしていた朝に、ルース・ランデスに宛てて書いた手紙で、彼は彼女に全てを疑ってかかるように勧めている。「君のエロイーザ氏との関係を僕は心配している。君はたぶん僕は呼ばれていないところに行くべきではないと言うだろう。だが、彼女の前で低姿勢を装って、ブラジルへの反感を示す批判のように響く事柄をしゃべるのは避け、ブラジルの学者たちの仕事に関心があるふりをし、さらには彼女に自分が調査の指導教官であると考えさせて、君は彼女の恩義に報いるべきだと思う。わかりきったことだが、リオデジャネイロで気づかれずに過ごし、誰にも迷惑をかけずに君が仕事を進められるかもしれない。でも、エロイーザ氏は君のことをすでに知っているから、君に関して興味を示し続けるだろう。そしてもし君がさらなる問題を抱えたら、彼女が役に立ってくれるかもしれない。彼女は実際に影響力をもっている。ここいらにはアメリカへの多くの敵対心がある。人々はルーズヴェルトの善隣政策を嘲り笑っている。エロイーザ氏に紹介されたあるインテリはパンフレットを書いている。そのうちの一つはこんな類のことを断言しているんだ。『もしドイツがブラジルを侵攻してきたら、アメリカが我々を守ってくれるだろうが、アメリカの帝国主義から我々を守ってくれる者はいない』とね。ポルトガル語でそうしたことに反論するのは僕にとって非常に難しいことだ。たいてい、馬鹿な顔をして、忘れてしまうようにしている」。

私はカストロ・ファリーアにそういった状況の真っ只なかでの若いアメリカ民族学者の自殺の反響についてたずねた。「国全体に何らかの反響があったとは思わない。地域的にも反応がどんなものだったかはわからないね。奥地での死はここで起こるものとはかなり異なっているから。噂になっていた彼のあらゆる異常な行動にもかかわらず、全く予見できなかったんだ。特に金について、彼と家族の資産であらゆる経済的問題を解決できたはずなのにその可能性を隠していたんだ。自殺は私たちの誰にもトラウマをもたらすものではなかった。皆を驚かせるものだった。クエインは人類学史上の、そして国立博物館とコロンビア大学との関係における事故だったんだ。でも、関係は問題なく続いている」。

アメリカの人類学者との関係への不信という雰囲気はウィリアム・リプキンの場合、より特殊な輪郭を得ることになった。エロイーザ氏は明らかにクエインとワグレーを好いていた。「彼らはずっと行儀がよく、ずっとハンサムで、ずっと魅力的です」と、ルース・ランデスはルース・ベネディクトへの手紙で述べていた。補足すると、リプキンは自惚れ屋で、インディオの道具をより高い値でもってエロイーザ氏といんちき取引をするにまでになったのだが、それは彼女のおかげで村から持ち出せたものだった。そうしたことは当然ながら彼女を憤慨させた。「ウィリアム・リプキンはその名を十分に危険にさらしたと言われていた。なぜなら彼はアメリカ人たちにむけて政治に関するレポートを書いていたからね。これは聞いたことなんだが、カラジャ族について書いたレポートのうちの一つに、彼がアメリカ国務省に提供したであろう情報への言及があったらしい。彼が担っていたのは——まあ多くのアメリカ人たちが担っていたわけだが——観察者の役割だったようだね」と、カストロ・ファリーアは言った。

8

これはあなたがやってきたときのために。もし本当に知りたいのなら。私たちがパーティを抜け出したとき、私は歩み寄り、ブエル博士に家に寄っていくようにと誘った。彼は私のことをよくわかっていなかった。翌日の出発が心配かどうか私はたずねた。彼は私の誘いを断ろうとした。私は引き下がらなかった。その場所のならわしを軽んじないため、私が誰なのかわからなかったこともあり、彼は恭しく了承した。彼は疲れていた。私たちは飲み、話した。お互いを知る必要があったのだ。最初の夜だった。村を訪ねるのは初めてなのかたずねた。彼は笑った。あれが挑発になったわけだ。侮辱されたと感じ、もう話すのをやめはしなかった。彼はトゥルマイ族のことを話し、私は彼らのことを想像した。それから彼が語ったことのすべてを私は想像しようとした。数えてみれば、たったの九夜だったということはわかっている。しかしそれが全生涯であるかのようだった。

最初の晩、村への出発の前夜。その後、避難を求めて私の家にやって来た、五月と六月のカロリーナでの滞在の七晩、村へ戻る最初の旅程で私が彼についていったとき、星空の下、森で一夜を明かしていたときの最後の晩。最後の晩になったのは私に責任がある。彼は私に同行を頼んでいなかった。しかし、二度と彼に会うことがなくなるのはまさにその旅の最初の行程においてだったが、どういうわけかあたかもあの時点では知り得なかったことをわかっていたかのように、馬に乗って彼に同行すべきだと感じたのだ。私が今あなたに語っていることは九夜のあいだに彼が私に語ったことと私の想像との組み合わせだ。私が彼の夢と彼の悪夢を想像したのはこういう形だった。楽園と地獄とを。最初の夜、彼は私に、先住民が黒人である太平洋のある島について話してくれた。先住民たちのなかで過ごした頃のこと、一人一人がなりたいものを決め、自分の姉、自分のいとこ、自分の家族、さらに自らのカースト、他者との関係における自分の立場を選ぶことができる、ナコロカという村のことを私に話してくれたのだ。法や規則において非常に厳格な社会、しかしながら、そこでは個人が自らの役割を選ぶことができる。よそ者にとって遺伝的な特徴、血縁上の家族を認識することは不可能な村、というのも、身分と同様に、親戚は選ぶことができるからだ。楽園、人類学者である少年の冒険という夢。動物学を学びたかったが、来るべき人生の啓示を得るには大学の半年で十分だった。あなたがどのくらい彼のことを知っているのかは知らない。一九三一年の三月、最初の試験をパスした後、学期の終わりを祝いに、シカゴまで数名の同僚とバスに乗り、そこで倒れるまで飲み、映画館に行ったことまで思い起こすのは余計だろうか？　神の一言のように、彼はあれを待つことができなかった。そして私に語ってくれた夜まで、飲み物の効果が彼の目にしたものにどのくらいあったのか私は知らなかった。映画館の室内の暗闇のなかで、銀色の光がスクリーンにつき、考えもおよばなかった人生が彼の前で開幕した、新たな可能性と出口、あたかも未開の道が彼の目の前に開かれたかのように。そこで彼に示された運命について考えなかったのと同様に、映画館に入って観たという映画のことも考えていなかった。夢中で南太平洋の愛の物語を観ていたのだ。地元民の社会の法によって禁じられた恋愛を。神々によって罰せられた愛。タブー。彼が思い出を私に語ってくれた夜まで、自らの天命におけるあの禁じられた恋愛の効果がどれほどあったのか私は知らなかった。映画館を出るとき、太陽と水、空に対して陽の光を反射する身体の、真珠のような、銀のしずくによって輪郭を描かれた先住民たちの身体を彼はただ思い出していた。彼らに会いに行こう。決心をかためて映画館を出た。もう誰とも話さなかった。彼の同僚は彼が見ているものを見てはいなかった。世界は異なるものになったのだ。世界はもうそこにはなかった。別の場所にあったのだ。誰もがもはや誰も見ることのかなわないものを見ることがあるのかもしれないと理解する必要がある。そして、そうしたもののなかにそれぞれの理由が宿っているのだということを。誰もが自らの幻想を見ることがあるかもしれないのだ。学部の籍を取り消し、船乗り見習いとして、上海行きの貨物船に乗り込んだ。六カ月を海外で過ごした。丈夫になった。「第一級船員」として戻って来た。南太平洋の島々、ある映画の魔法の島、禁じられた愛の銀のしずくを見てみたいと思っていた。私以上にというのは、間違いないと思うが、彼についてどのくらい知っているのかはわからない。しかし、我が友、ブエル博士が私と一緒に飲み、インディオたちのあいだに、我々の法がどれほど不適切であるかということ、そしてついには彼にふさわしい世界を同時に示すことになる法を求めているのだと私に語ってくれたとあなたに伝えるのは行き過ぎになるだろうか？　彼を守ってくれるような世界ということだったのか？　タブーという銀のしずく。上海で、彼は永遠に中国を去りたいと思っている中国の若者と知り合った。クエイン博士は彼にアメリカについて夢のことのように語ってみせた。そして、彼の純粋さゆえに、あたかも彼自身が自らの夢を実現することを決心したかのように、その中国人の夢を叶える手助けができるかもしれないと考えた。できないことは請け負わなかった。ある人々の夢は他の人々の現実なのだ。そして同じことが悪夢についても言える。彼はひそかにその若者を船に乗せることに成功した。しかしアメリカにはたどり着かなかった。最初の港で、アメリカの善行家の若者の恐れをなした目の前で、見つかって、追い出され、罰せられてしまったのだ。白人たちに紛れ込んだために、殺されてしまったかもしれないという可能性は捨てきれなかった。夢というのは一つの観点なのだ。それはそこから自らを見る場所である。彼がフィジーについて、その南太平洋の島であるヴァヌア・レヴについて私に話せば話すほど、私は見ることができなかった。あたかも彼がむこうで過ごした十カ月がまさに夢から出ることがなかったかのようだった。彼が私に語っていたことは雲のように崩れていった。だから私は想像することができなかった。彼の住んだ村が、島にあるために、水辺ではなく、山へと道が続く内陸にあったのだということが思い描けなかったのだ。目には見ることができないのだ。

最高齢の人々には少なくとも理解することさえできなかった写真の載った西洋の雑誌を地元の若者たちに彼が見せるときは、撮られた人々は男なのか女なのかいつも決まって彼にたずねていた。五月にカロリーナへ戻って来ると、私に見せようと、一枚の写真と自筆のスケッチを持って来てくれた。上半身は裸、遠くを見つめるまなざしで彼にむかってポーズをとっている、とてもたくましい二人の黒人の肖像だった。

私は楽園を想像しないということはできたが、地獄は見えてしまった。悪夢は夢見る者の目で恐怖に対面する方法だ。彼が私にトゥルマイ族について話していたとき、恐ろしい体験について語るのを聞いた。一九三八年の八月から十一月にかけ、彼らのなかで四カ月を過ごした。十二月、戻って来るようにと呼ばれるまでだ。トラックでクイアバからシモンイス・ロペスへ行き、その後ロバの背にまたがり森をさらに六日間、そしてその後三隻のカヌーで、アメリカ人の夫婦、彼らの名前は自殺したときに残した手紙のなかで知ったのだが、トーマス・ヤング神父とその妻の営む教化村までさらに一週間。二人の白人と一人の子供がカヌーで彼を助けた。ブエル博士はそのうちの一隻を漕いでいた。二日目の終わりに、夜の帳がおりると、一隻のカヌーが浸水してしまい、彼らは停泊し、濡れてしまった荷物を石の上に広げなければならなくなった。次の日になってようやく陽光はほとんど石にまで届かないと気づいた。彼らは森のなかにいた。しかし、風があるにもかかわらず、本物の流れに直面しなければならなくなったのはようやく五日目になってのことだった。一隻のカヌーが石にぶつかり、食料品は川に運ばれていってしまったのだ。

9

エロイーザ・アルベルト・トーヘスへの一九四〇年の十一月一日の手紙において、クエインの母はコリゼウ川の宣教師たちの話を伝えている。キニーネが不足し、マラリアで死んでいく人が出たため、アメリカ人たちは祈りだした。「そんなとき剃られた頭で、ぼろぼろのズボンをはき、古びたジャケットの男が川の流れる方から見えたのです。笑いかけるまでは、逃亡中の囚人だと思われていました」。悪夢という狂乱のなかで、ルイジアナかミシシッピのどこかの沼地のなかから出てきた、流れに足と手をひたした受刑者を彼らは見たに違いない。あるいは少なくとも民族学者の母の手紙を私が読んで、あわれな宣教師たちの熱に浮かされ恐怖におののいたヴィジョンを想像したのはそんな具合だった。彼女によれば、クエインは彼らに新しい薬を与え、それが、奇跡だったかのように、すぐさまあの状態から彼らを救い出したという——こうしたことで、その人々の目には、当然彼が絶望した者たちの嘆願と信仰に応じて遣わされた一種の救世主となった。若き人類学者は、母親がある医学雑誌で一つの記事を読み、その切り抜きを彼に宛てリオデジャネイロに送った後、薬を入手していて、幸運にも荷物のなかに入れていたのだった。なんらかの形で、たとえ離れていても、彼女は役に立とうと努め、地獄へ下っていく息子の足跡を辿ろうとしていたのである。一九四〇年の末に、まだブエルの死に苦しんでいて、喪に服しながら一つの答えを求めて調べていたとき、ファニー・ダン・クエインはムーディ聖書学院での宣教師トーマスとベティことヤング夫妻の講演に出席しにシカゴへ行った。講演はトゥルマイ族のなかでブエルによって撮影された写真によって飾られていた。しかし、自己紹介し、他の招待客たちに囲まれた彼らに挨拶したときに、一部では臆病から、一部では耳にし得なかったことが彼女に明かされてしまうのではないかという恐れから、彼女は彼らに何もたずねなかったというのが最もありそうなことである。十年後、誰にも何もたずねることなく息を引き取ったらしい。彼女にも知り得なかったことは彼らも知らなかったと信じ込む方がよかったのだろう。息子の死後、一度ならずエロイーザ氏との手紙のやりとりのなかで、インディオたちに償い、ブエルの残した資金で彼らを助けたいという意思を明らかにしていた。彼女の苦悶に満ちた固くなさというのは、無意識的であるとはいえ、慈善のヴェールの下、インディオたちの沈黙を買い取ったり、あるいは自らの良心を買収したりしようとした印象を与える。

敵対する部族の領土を通って、村まで川下りを続ける前に、クエインは宣教師たちと三週間を過ごした。彼に同行していたトゥルマイ族たちは夜のあいだは歌い、日の出と共に黙り込んでいた。その地域の様々な部族間での遺恨と恐怖の雰囲気が、「外国の領土」に足を踏み入れるときはいつも、自らの存在を知らせるため、彼らに火を焚くことを強いていた。間違えば悲劇的な事故や勘違いを引き起こしてしまうので、脅かしたり、予期せぬ遭遇したりすることはなんとしてでも避けられなければならなかった。コリゼウを通る旅では、カマユラ族のカヌーの質素な見た目が心配の元だった。クエインは八月半ばにトゥルマイ族の村に到着した。その地域は、コリゼウと合流している、クルエニ川のほとりにあり、最も行きづらく、孤立したところであった。シングー川を通ってその地域へ行くのは滝のせいで不可能である。過去にその人数と戦士としての勇気のために恐れられていたが、トゥルマイ族は四軒の住居(オカ)と作りかけの畑一つの村にまで縮小していた。男性は十七人、女性は十六人、子供は十人であった。そこに二年前、居を定めたが、それは主に、追いつめられて、敵対する部族、特にその首長が絶大な力をもったシャーマンである、カヤビ族とナウクワ族から離れる目的をいだきつつ、恐れていたからである。彼らの先祖たちはその同じ地域からスヤ族によって追放されてしまっていた。しかし、今やトゥルマイ族たちはとりわけ、彼らの最も近隣の部族であるカマユラ族を恐れていた。彼らは過去にその村から娘たちを全員さらうに到った、ナウクワ族の長である、絶大な力をもったシャーマンが捕まえに来るだろうと言って、クエインを怖がらせようとしていた。実際には、ようやく出会った際、カマユラ族の首長はクエインを恨みとあけすけな無関心でもてなした。実のところは、その人類学者が不愉快なトゥルマイ族のなかに滞在することを選び、カマユラ族の村を選ばなかったということに気を害していたのだった。カマユラ族は恐怖の雰囲気をあおるために物語や伝説をでっちあげた。心理的な悪意への非常に鋭敏な感性というものを彼らはもっていた。そのため、何らかの形で、人類学者の心理的な脆さをとらえていたに違いなく、彼の父親がたくさんのプレゼントをもってトゥルマイ族のところへ飛行機でやって来るとか、白人でいっぱいの飛行機がコリゼウ川のトーマス・ヤングの教化村に停まっていたなどと言い、ずいぶんとその孤独と繊細な精神のバランスを弄んでいたのである。他方で、トゥルマイ族たちも自らの言い伝えでヒステリーの状態を悪化させてしまった。カマユラ族たちのことを、いろいろとあるなかでも、捕虜たちを拷問し、そのあとでその身を食べてしまうのだと非難していた。「スヤ族とカマユラ族が夜に襲って来るのではないかと絶えず想定されています——人々が、弓と矢を携え、震えながら、村の中央に集まるようにさせるには夜になった後に一本の枝が折れるだけでも十分なのです」と、クエインはルース・ベネディクトに書いている。

一九三八年、レヴィ＝ストロースがクイアバでの短い滞在のなかで知り合ったアメリカの人類学者の生涯と死に、いつか興味をもつことになるかもしれないとふと思うよりもずっと前に、私はパリにいる彼に二度インタビューしたことがあった。ブエル・クエインについての話を私が聞くずっと前である。インタビューのなかの一つで、彼が悪く受け取られていたフランスでの人種差別と外国人嫌いについての議論に関して、レヴィ＝ストロースは彼の立場を改めてはっきりさせていた。

「文化が交流すればするほど、ますます画一化しがちで、ますます交流しなくなるものです。人類にとっての問題は文化間に十分な、しかし過剰ではない交流があるということなのです。私がブラジルにいたとき、五十年前のことですが、いたく心を動かされました、もちろん、あの絶滅に脅かされている小さな文化の運命にね。五十年後には、私を驚かす確信を得ました。つまり、私自身の文化もまた脅かされているということです」。あらゆる文化は他者への抵抗と対立のために自らのアイデンティティと独創性を擁護しようとするのであり、自らの文化の脅かされている独創性を擁護するときが到来したのだと語っていた。イスラムの脅威について話していたが、アメリカ人たちやアングロ＝サクソンの文化的帝国主義についても同様に話していたのかもしれない。

クエインがトゥルマイ族のもとを訪れたときに彼らを最も脅かしていたのは白人たちではなかった。もはや地元の他の先住民の集団に抵抗する気はなかった。他者を前にしてたちすくんでいたのだった。とりわけホストが反抗しない弱体化したトゥルマイ族であるときには、偶発的な脅しや訪問者の一部による盗みが挟まれていたとしても、ありとあらゆる恐怖にもかかわらず、その地域の部族間での接触の大部分は友好的なものだった。トゥルマイ族たちはいつも訪問者たちを、たとえカマユラ族のように、彼らを脅かし軽蔑する人たちであっても、喜ばせようとしていた。彼らは一八八四年に白人と初めて接触した。中央ブラジルへの研究調査の機会に、フォン・デン・シュタイネンは、すでに近隣の部族との戦争状態にあったこともあり、当時は外国人たちに対して好戦的だと考えられていた、シングー上流の危険なトゥルマイ族について他の部族から警告されていた。しかし、先駆的なドイツ人探検家に起きたのと同様に、それはクエインの経験したことではなかった。ひとたび最初の接触がなされると、両者は大変な優しさをもって痩せこけた人懐っこいトゥルマイ族たちによって迎え入れられた。実際には、そのもてなしは何らかの礼儀作法によるものというより、近隣部族への恐怖によって生じたものだった。初めのうちは、コロンビア大の若き民族学者にとって共同生活は容易でなかった。彼は隊長と呼ばれていた。到着すると、彼は頭と眉毛を剃ったが、そうした行為はスヤ族の習慣と考えられたため、彼のホストは当惑してしまった。すぐさま、蚊に対する保護になるとして羨ましがられた、彼の衣服は全部盗られ、彼は蚊帳をつかって「簡素な衣服」をこしらえなければならなくなった。言葉はほとんど話さず、血縁関係と村の社会的な組織関係は理解していなかった（血族上の家族の一団のほかに、インディオたちは互いに、社会、その禁止事項、各個人の義務を組み立てるのに役立つ象徴的な血縁関係を定めている。「分類上の血縁」のそうした関係においてその社会の法やロジックが表明されるのである。血縁関係はきわめて複雑な法則となっていくが、その主な目的は部族内結婚が大半を占め、ときに数十名の個人にまで減少した共同体における近親相姦を避けることである）。クエインがインディオたちと会話しようとしたとき、どうやってふるまうべきか、何をすべきか正確に知る前に、最初に彼らを楽しませた歌を歌ってくれないかと頼まれた。「彼らは血縁関係に関する言葉を表現することを拒みます――そうしたことが近親相姦に関する規定への理解を阻んでしまいます」と、ベネディクトへの同じ手紙で語ったが、もっとずっと後になってようやく、根拠があるにせよないにせよ、私がこだわっていた疑念をその一節に結びつけることになるのはその人類学者の自殺に関してクラホー族たちと私が会話したときだった。

実は、最初、クエインは、彼がフィジーで共同生活し、慎ましさと尊厳のモデルに変えた先住民たちとは反対のトゥルマイ族を「つまらなくて不潔」(「その人々は退屈で、わかっていない」)と考えていた。彼の別の現地での経験一つだけと対置してトゥルマイ族を次のように判断している。「夜は十一時間くらい眠り(恐怖におびえての眠りです)、昼には二時間眠ります。用心する他にはそれ以上重要なことは何もありません。大人たちは彼らの願いを抑えられません。八歳か九歳の子供は人生において必要なことをもう全て知っているかのようです。私は彼らのことが好きになれません。身体に触ることに関しては何の遠慮もなく、そのため、愛撫されるのを避けると不快に思われてしまうのです。身体に絵を描いて塗りたくられるのも好きになれません。もしその人々が美しければ、私をそれほどには不快にしないのでしょうが、彼らはコリゼウのなかで最も醜いのです」。その民族学者は痩せほそったトゥルマイ族たちを、彼が自分のスケッチと写真に捉えていたフィジーのたくましい男たちと比べていた。さらにベネディクトへの手紙で、彼はこう言っている。「自分の病気が特に私を苦しませ、未来に関して不安にさせます」と、何のことを話しているのかもはっきりとさせずに。

二カ月半後には、もう打ち解けていた。そしてそういう次第で、彼が落ち込んでいるときに歌ってほしいと頼むような、インディオたちのやまない願いを拒むのが許されていた。身体への暴力は、とりわけ子供に対して、村では許されておらず、クエインは彼からマンジョッカ粉を盗んだ子供の手を叩いたとき、そして故意ではなく他の子供の足を踏んでしまったとき、二度ほど社会的な動乱を引き起こしそうになった。争いは、一般には性交や不倫に関係しているが、まじない行為に取り換えられたり、関係者たちが村の中央の一種の仮設劇場において象徴的な行為を通じ彼らの異なる感情をぶちまけて、それにより浄化をもたらすという再現行為のなかで解決されたりする。しばしばその民族学者は抱き合ったり、性交ごっこをしたりしている最も若い人たちを目にしていた。インディオたちが彼のハンモックに横になるのを避けるため、彼にそうしたお願いをしてきた人々全員に、もし知られたりしたら、君の「妻が腹を立ててしまうぞ」と言っていた。村に処女はいなかった。彼をたずねて来た女性たちを遠ざけるために、犯すぞと脅せば、彼女たちはすぐさま、ほとんどの場合大笑いしながら、逃げ出していた。彼は完全にひとりぼっちだった。

10

これはあなたがやってきたときのために。彼には、ただ観察するということだけが残されていた、というのも最初、それがトゥルマイ族のなかにいる唯一の理由だったからだ。ここにやって来たときには、その役割に疲れてしまっていた。しかし観察している文化と混ざり合わされてしまうのではないかという考えに怖れを抱いてもいた。メラネシアの島で共同生活した現地人たちのなかにいれば、どこかの若者には、女性たちを覗いたとして咎められることよりもひどい不幸は起こらなかったんじゃないかと彼は私に語った。幼稚さのしるしだった。覗いてしまう人たちというのは暴力によるのでは性的な満足に達することができないのだと言われていたのだから。彼は観察することに疲れていたが、彼らのうちの一人であるふりをしながら、インディオのように生活し、食べ物を口にし、日常の営みや儀式に参加しなければならないということ以上に大きな反感を彼に引き起こすものはなかったのだ。遠く離れたままでいようとしていたが、悪循環のなかで、観察者に立ち戻るのだった。彼は私に例外としてトゥルマイ族の子供たちのことを話してくれた。彼らにはその遊びを理解しようと近づいたが、おそらくクエイン自身が、まさに観察者として、村で占めていた不快な立場に由来する奇妙な類似から、彼らのなかに、端におかれていた十歳か十二歳かの孤児がいるのにすぐ気がついた。仲間外れだった。そこでは、クエインと同様に、唯一家族がいなかった。他の子供たちの争いにも決して加わらなかった。若い女の子たちがいなかったので、性交ごっこは男の子同士のあいだ、あるいは男の子と男性のあいだで行なわれていたが、たいていいつも前者が積極的で、大人たちは制止しなかった。彼はその孤児がその遊びに特別な関心をもっていると見た。その子を拒まない、より年配の男たちを探してばかりいた。その男の子が彼も求めていたのかどうかも、それゆえに私にその話をしていたのかどうかもわからないが、他の若者は、最初の勃起の後すぐに、見せびらかすためにある晩ブエル博士の家にあらわれて、あるときには、見られているのを知りながら、わざと、見せつけるために、その人類学者の目の前で、女の子と交わったのだった。そのセックスは私の友人の孤独に影を落とした。心を動かされたようでもあり、それもたいそうなものだったので、カロリーナでの宴会の後のあの最初の夜に、成年へと移行するなかで、通過儀礼のように、トゥルマイ族の子供たちがアルマジロの鋭い足で全身をひっかかせるのだと私に語ったわけだ。多くの人は、怖くてたまらなくなって、血に覆われて、犠牲に供されるあいだ痛みで泣いていたのだけれども、それは勇気の証であり、褒美であり名誉であった。トゥルマイ族のあいだでは、傷痕が非常に賞賛されていた。六歳の子供たちは儀礼で彼らの身体に残されたしるしを誇らしげに見せていた。私の驚いたことだが、彼が自らのシャツを開いて、腹から胸にわたる傷痕を私に見せたときがあった。彼は笑みを浮かべ、私の反応を予期していたのだが、私は何というべきかわからなかった。あたかも私のうろたえた表情にがっかりしたかのように、あるいはあたかも私の驚き様が彼の目を覚ますか、無意識の誤りの後に意識を取り戻させたかのように、シャツのボタンをかけ、簡潔に、小さい頃に手術を受けたんだ、もう遅いから、帰らなくてはと私に言った。彼はもう二度とその話題には触れなかった。そうしたことのすべてを、お互いのことを知らなかったあの最初の夜に彼が私に語ったのだった。そして今日、ブエル博士の言葉を思い出すと、インディオたちが彼を見つけ、私の家にやって来たとき描写したように、血だまりのうえに揺られ、血まみれで、首や腕をかみそりで切りきざまれて、首をくくられた彼の身体のイメージが私の頭に思い浮かぶばかりだ。それに、困惑した様子で、トゥルマイ族は、絶滅の途上にいるにもかかわらず、中絶し幼児を殺し続けていると話したことも思い出す。そして、おそらく知らないうちに、他の部族とは逆に、白人たちとのいかなる接触もなく、コリゼウ川とクルエニ川のむこうのことは何も知らず、カマユラ族に支配され、一部では彼らの文化を担っていたにもかかわらず、文化変容のプロセスを被らなかったこともあり、自己破壊のプロセスを経ながら、彼らが集団自殺を犯していたのだということも。そうした集団的かつ無意識的な形式の他に、トゥルマイ族のなかでの彼の短い滞在のあいだ、いわゆる自殺の例は一件も目にしなかったと私に語った。興味深いことは、仕事を中断することを余儀なくされたとき、彼らにはっきりとこう質問をするのを忘れていたということだ。つまり、彼らのあいだであるとき自殺が起きたことはあるのかどうか、と。いずれの場合にしても、彼らが自殺しようとする気質をもっていて自ら命を絶つ覚悟はできていたという感覚が彼にはあった。「重要なことは」、実のところ彼が何について話しているのか理解することはできないまま、彼はカロリーナでの最初の夜に私に言ったのだが、「トゥルマイ族が死のうちに一つの出口と彼らの恐怖と苦しみからの解放を見ているのだということ」だった。一度病気で倒れたとき、彼のインディオの友人の一人が病気の苦痛から解放しようと善意のある意図で彼を刃物で刺そうとしたことがあった。幼児を殺していたのは故ないことではなかったのだ。むしろ悪いことというのは生まれることだった。彼は私に言った。「一つの文化が死につつあるんだ」と。今になって、熱狂と悲しみに満ちた彼の言葉を考えると、人格がもつ特徴として彼自身が経験していた絶望を集団的に表現している文化をもつ民族を彼は見つけたのではないかと私には思える。そうしてなぜあんなにもトゥルマイ族のもとへ、私に語った地獄へ戻りたがっていたのかを理解するのである。あたかも何かにとりつかれているために我を忘れたかのように。彼らが永久にいなくなってしまうのを阻止したかったのだろう。彼らについて書いていたであろう本があるとすれば一つの形として彼らを生かし続けることになっていただろう。そして彼自身をも。

彼がインディオの勇気について話していたとき、私は彼がただ恐怖について話すのだけを聞いていた。彼は勇気のことを話し、私は恐怖のことを聞いていたのだ。彼がトゥルマイ族のもとへ辿り着いて二週間後、彼は治療の儀式に立ち会った。村の首長の妻は病気で、そのときまでいかなる治療も功を奏さなかった。インディオたちは儀式を執り行うことに決めた。男たちは、病人を取り囲んで、家のうちの一軒に閉じこもった。その儀式は女たちには禁じられていたのである。ブエル博士が入ろうとすると、首長の姉は、彼女たちと同様に、あのなかに踏み込んだら死んでしまうことになると彼に言った。しかし、彼は彼女のことを無視して同じようにして入っていってしまった。彼に死について話がなされる他の機会もあったが、結論そのものを導き出すことを許されていた。羽をとるために鳥を探す狩りのあいだ、彼は「レー」と呼ばれる赤い頭をした鳥はそれを見た者には死の宣告になるのだと教えられた。ほどなくしてその宿命的な出現に出くわし、彼は騙されていたのだと信じるようになった。心の奥では、それからというもの同じ鳥を一度ならず夢に見るほど、いたく動揺していたにもかかわらず、何も語らなかった。息苦しくなって目を覚ますと汗でびっしょりになっていた。彼は私がそうした夢についてどう思うかたずねた。そして私が答える前に、トゥルマイ族は夢を眠りながらにして見る方法と考えているのだと言った。真夜中に泣き叫びながら子供たちが目を覚ますのはよくあることだ。彼らの悪夢は敵の攻撃を待ち受ける両親の苦悩によって助長されているということなのだ。ある晩、彼がやってきてから最初のひと月が経ったとき、彼は女たちの叫び声で目を覚ました。女たちは皆、子供とハンモックを抱え、村のある方向へと駆けていった。彼は別の部族から襲撃されているのだと思った。女たちが駆け回っているなかで、誰かが彼に言ったのは――あるいは彼がそのように理解したのか――ある女性が銃撃されたということだった。騒動が落ち着くと、彼女を驚かせたのは土くれだったことがわかった。女たちには男たちよりもずっと多くの襲撃を恐れる理由があった。戦争の主要な目的の一つが女をさらうことだと知っていたのだ。トゥルマイ族たちは絶えざる恐怖という状態で生きていた。私はブエル博士にいくつかのインディオたちは農園の家に近づいて来ると石を投げてくる習慣をもっているが、それは友情のしるしという場合もあると話した。彼は私に、おそらく本当に並ぶもののない獰猛さのために怖れられていたスヤ族があの晩にたずねて来たのだと返してきた。トゥルマイ族によると、蛇の子孫であるスヤ族を除いて、太陽が全ての部族を創造したのだという。トゥルマイ族の村全体が、一週間でブエル博士のために建てられた小さな家で眠りたいと感じたが、というのは彼が一丁のピストルをもっていたからだった。たびたび彼は、敵を遠ざけるために、村を取り囲んでいる暗闇にむけて発砲するように頼まれていた。たとえスヤ族の意図が善良なものであったとしても、トゥルマイ族のいだく恐怖はそれを友好的なものとして受け入れることを認めなかったのだろう。トゥルマイ族をパニックに陥らせるにはスヤ族の話をすれば十分だった。生活は、夜にはいつも膨れ上がる不安そのものだった。暗がりのほんのごくわずかな破裂音でもまぎれもない混沌を引き起こしてしまうのだった。ある嵐の日、その暗闇は夜と混ざり合い、彼は、発熱に襲われ、トゥルマイ族たちを苦しめている恐怖を感じた。彼らは超常現象には通じていなかったが、カマユラ族と同様に、光や雷を怖れていた。彼らは誰かが雨に逆らったのだと考えていた。村で立ち会った熱帯の初めての嵐のあいだ、息を切らして訪問して来た、彼の助手で料理番のアロアリをブエル博士は迎え入れた。彼はランプを消して、仕事するのをやめるように頼みに来たのだが、というのも、それで雨をいらだたせてしまっているからだった。嵐が昼を夜に変えてしまったあの熱の日は様子が違っていた。彼の小屋の入り口に二つの目が見えた。厚い唇で、ひょうたん型に切られたぼさぼさの髪をした、アロアリの奥行きのある目ではなかった。あたかも暗闇と雨の粘ついた原料に浮かんでいるかのような、虚無のなかに放たれた、燃えるような目だった。そして彼はこう言うだけだった。「僕の知っている人の目だった」と。私にとって、悪夢は、不意の矢が放たれる不安のなか敵の土地を通って川を上り、そのあと埃と土の何キロメートルをも徒歩とトラックで三十八日間という、帰りの旅を想像することだった。すみやかにインディオの土地から出るようにインディオ保護局から強制されながら、ただ留まりたいと望み、逆らい続けていたものの、あの世界の果てを後にし、彼が直面しなければならないことだった。帰りの旅のあいだ、彼が川を上っていた、一九三八年の十一月七日、一時間足らずの月食が出てきてまもない月を空から消してしまった。彼に同行していたインディオたちは月を喰っている悪しきものを驚かせないうちは先へ進むことはできないと言った。まず、彼に上にむけて発砲するように頼んだ。そのあと、彼らは踊り、天にむけて矢を放った。インディオの一人は、白人たちに殺されるのを怖れて、帰ることに決めた。結局、首長が立ったまま、何もないところから再びあらわれるまで、長いこと月としゃべったのだった。

11

クイアバに戻ると、ブエル・クエインはマラリアに襲われて苦しむことになった。快方にむかっていくあいだに、彼はトゥルマイ族との共同生活についての報告をルース・ベネディクトに宛てて書いた。「あらゆる死が殺しなのです。誰も次の雨期がやってくるのを期待していません。想像上での攻撃が起こるのも稀ではありません。人々は怖れをなして村の中央――すべてのうちで最も人目にさらされている場所――へ集まり、そして暗い森から飛んで来るであろう矢の的にされることを望むのです」。

誰も私にたずねはしなかった、そして、それゆえに、私が想像しているのと同じ、地獄の再現も私の幼年期のシングーにある、あるいは、あったのだと答える必要もなかった。それは住民たちを偶然やって来た動物や夜間の襲撃から守るための、地階で簡単な檻のようになっていた高床用の柱の上に据えられ、嘔吐物のような緑色で塗られた木材でできている、プレハブ式の一軒の家だった。それはギニアキビと死に囲まれた、森の伐採され、平らになったところに立ち上げられた、無の真っ只なかにある孤独な一軒の家だった。緑色でないものは一切が灰色。いってみれば当時、土と泥しかなかったのだ。家の入り口へのはしごまで続く土で覆われた道があったが、そこからは知っている場所のどこにも通じていないようにみえた。そこへ行く最も簡単な方法は飛行機だったが、家の傍に開かれた土地の滑走路に停泊するには、大きくては駄目で、最大でも双発機でないといけなかった。高いところから、低空飛行して近づいていくとき、私たちが見たものは唯一つ、何も見通せない森に全方向を囲まれ、丈の高い草のはえた大きな開拓地にあり、近くには停泊用の滑走路があるという孤独な家だった。土に覆われた道は家から停泊用の野に通じており、その先はまっすぐ森へ続いていたが、そこでは、全てが同じように、道を求めて——いってみればおそらく衝動的な自殺で姿を消してしまうのだった。今日では全てが一変し、その地域がどこだったのかわからなくなっている。熱帯林は大農園の農地に変わってしまった。森は消え、倒れて焼かれたが、その時代には、一人の子供があの世界の果てに人間たちが探し求めにいったかもしれないものが何かを理解するのが難しくなるほどに、恐怖を引き起こす驚異として課されていたのだった。その家は、私が間違っていなければ、ヴィトリオーザスと呼ばれていた農園の拠点だった。というのも、まさに、その地域で知られていたように、農園主のシキーニョ・ダ・ヴィトリオーザスは同名をもつバス会社の持ち主だったからだ。一九七〇年に、シングーで、私の父が建てることを決めた一番近くの農園だったが、従妹にちなんで、サンタ・セシーリアと命名した。彼女とは、あのときは一緒に暮らしていたが、自らの恋心が騙され貶められたということで、父があの土地に、一応は家畜にということになっているが、費やしたと同時に、この上ないくらい破廉恥にふるまう別の女たちと一緒に出ていったという、貸した金を取り戻そうとして弁護士たちと共に父を追いかけることとなった。ヴィトリオーザスの拠点は、無と森の真っ只なかに据えられていて、シキーニョの土地とサンタ・セシーリアのあいだの森の中央に開こうとしていた道路工事の状況を私の父が確認すると決めたら通らなければならない中継地点だった。その道路は木の伐採と文明のトラクター、ブルドーザー、トラックが一気に通過した後、文字通りの泥の海が飲み込みさえしなければ、完成していたはずだった。

私はシキーニョ・ダ・ヴィトリーザスの顔さえも思い出せないが、飛行機事故で彼が死んだという知らせがあったのは覚えていた。今となってはただの想像にすぎないのかわからないが、誰かの上に腕を置いている私の父を見た気がする。その誰かというのは、おそらく未亡人で、父は彼女を励まし、数日前に消えた小型の飛行機を見つけるチャンスはまだあると言い聞かせていた。思い出すのは一軒の暗い家、武装した人たち、招かれて黙り込んだ女性たち、ヴィトリオーザスを訪ねるときはいつも、日差しと黒い雲でいっぱいだった空。それは『ロスト・イン・スペース』、あるいは、何らかのSF映画に出てくる無人の惑星の雰囲気を思い起こさせる靄に太陽が隠れていないときのことだった。家のなかの病的な空気、マラリアにおそわれた人々、隙間から外側の赤い土が見える木の板の敷かれた埃まみれの床の上でブーツの立てる騒がしい音も思い出す。私たちの内輪で、父の話していたところでは、シキーニョの死は操縦士たちの不注意の結果であり、あの数台の飛行機は雲のむこうへ上昇するには、圧力不足で、帰着用の十分な燃料がなかったこともあって、彼らは、父がしたように、飛行機だけを頼りにして、嵐の真っ只なか、入道雲のなかを通るしかなくなるよりは、雲と森のあいだで、低空飛行する方がよいと思っていたのだという。低空飛行がもたらした問題はというと突然、正面に山があらわれたこと、急激に予期せぬ上昇をしたこと、そうして飛行機はついに岩と樹にぶつかりこなごなになってしまったのだった。父はいつも自らの慎重さを実に誇らしく思っていて、セスナ三一〇の機体に一匹の亀——インディオたちと同様にトラカジャと呼んでいた——を描くように指示していた。その亀は小さな箱を背負っていて、そこには次のような言葉があった。「常にゆっくりと」。しかし、全くそんな風ではなかった。一瞬の恐怖を経たことで、家族間の語り草となり、彼自身の不注意を明らかにし、父の操縦士としての素質に対して用意されるのではないとすれば、彼の勇気の証としてではなく、むしろ空の問題がもたらした大きなしくじりの結果として見られるべきであった話はいろいろとある。一度、父と共に鼻から先は何も見えないまま、空の真っ只なかにそびえる大聖堂の形の紫がかった悪夢と呼んでいたという「CB」〔積乱雲〕、その入道雲のなかを行ったことのあった義兄の話によると、突然、何百メートルか離れたずっと先の丘に彼らは驚いて、父は即座に雲の外にむかって双発機を恐ろしくも垂直にして上昇させたという。二人はあの何も見えず光に満ちた世界から上空の青く晴れ渡った空のなかへと出たが、心臓が口から飛び出すような心地で、痰の混じった唾は唇につけ、口の端で乾きさせたまで、身体を震わせ、黙り込んでいた父の恐怖の大きさを私の義兄が確認できたのは、そのときだった。彼の運転免許では夜間に飛行機を操縦することができなかったので、クイアバの空港に夕方の六時前に到着しようとしていた父は管制塔のオペレーターが時刻と急ぐ必要があることと告げているのだろうと理解したが、実際はただ滑走路の一本が工事中だということを注意していただけだったというのも有名な話になった。違反により、運転免許を失わないようにと急いで、父が飛行機をむかわせていたのはまさにその滑走路だった。最終的には穴のあいた工事現場のトラクターの上に着陸してしまったが、そこでは管制塔が避けるように伝えた滑走路の方向の地平線に飛行機があらわれるのを見て、武装した軍人たちが彼をすでに待ち構えていた。地に足を下ろすや否や、父は捕らえられた。飛行機は、損傷がひどかったが、没収されてしまった。七〇年代の初め、それで軍人たちは、安全な領域であったが、空港がテロリストの襲撃を受けている可能性を想定するにおよんだのだった。

私自身、傍観者および犠牲者として、そういった話のうちの二つに加わったことがある。一番大したことなかったのは、サン・ミゲル・ド・アラグアイアとゴイアニア間で、雹と光の嵐をすでに一時間ほど横断していたときだ。その間に、父は、飛行中に行わなければならなかった慣例の作業である、オイルをかき回すことを忘れてしまい、右のエンジンが凍ってしまったのである。彼は状況の全てにかなりの緊張を覚えていて、私の方からトントントンとやっても、ほんの少し気持ちを落ち着かせプロペラを見ることさえしなかったので、何も言わずに、彼の腕を叩いて、窓の方を指した。即座に、青ざめた様子で、彼が傍にあるレバーを動かそうとすると、モーターが再び動き出したのだった。その他にも彼は危機を経験した。それは最初のではなく、最後のでもなかった。彼がアマゾン開発庁〔略称はSudam〕からの金を受け取りに行った先である、バハ・ド・ガルサスを一度訪れて、罹ってしまったマラリアの感染を目の当たりにしたとき、私はたしか十歳だった。どうしようもないほどに震えていた。死んでしまい、どうやってそこから出るのかもわからないあの世界の果てで私を一人にして置いていくのだと思った。死んでしまわなかったばかりか、密林の上を双発機で一人操縦しているあいだに襲われることになった再感染からも彼は逃れた。そして、私からすると彼の恐怖や絶望は想像しない方がいいと今でも思っている。

　ブエル・クエインも仕事関係の旅行で父親に同行していた。十四歳のときは、ヨーロッパのロータリークラブの会合へ出むいた。オランダ、ドイツ、スカンジナビアの国々を訪ねた。そして、それからというもの、もう旅することをやめたりはしなかった。しかし、もし、アメリカ中西部から文明へと出たクエインにとって、異国的なものがすぐさま一種の楽園へ、差異や自分自身の環境や生まれたときに彼に課されることになった限界から逃れる可能性と結びつけられていたとしたら、私にとって、父との旅はむしろ何にもまして地獄の一部としての異国的なものの光景と意識というものをもたらしていた。私は常にマトグロッソやゴイアスへと父に同行しなければならなかった。というのも、法律で一緒に休日を過ごさなければならず（私の両親は別れてしまい、彼らは裁判所で私の保護と養育について合意に達していた）、彼も農園を訪ねる必要があったからである。農園は二軒あった。一つは、バナナウ島の近く、サン・ミゲルの高地、アラグアイア川流域の、モルチス川とクリスタリーノ川のあいだにある高原に、もう一つは、完全な処女林にある、シングー川にあった。森へ私がした最初の旅は一九六七年で、私は六歳で父は購入する農園をまだ探していたときだった。アラグアイアへむかう前に私たちが滞在していた、ブラジリアの国会議事堂の前で彼と並んで私がうつっている色褪せた写真がある。父は旅でしわくちゃになったスーツを着ていて、私は、彼の腰の背丈で、栗色のベストとブーツを身につけて、何だかカーニバルの舞踏会のためにカウボーイの仮装をしているように見える。彼は一九六六年から、ブラジリアで、政府という決定的な名目を通じて、奥地（セルタン）に二軒の大農園を購入する準備をしていた。それはぼろい商売だった。土地に大した出費をしなかったばかりか、一九七〇年から始めた農牧畜産業の計画用の補助金も受け取ったのである。計画の実行は軍政府によるプログラムとして開始され、政府はアマゾニア開発の口実の下、何十万アルケイレ〔一アルケイレは四・八四ヘクタール〕の土地をとんでもない低額で購入する補助をするだけでなく、次には成金のように農園主たちによる占有計画に出資した——おおよそ、森を伐採し、草を植え、農園を家畜でいっぱいにすれば十分だった。父はきちんとした契約を結んでいた。旅の目的は土地を見つけることだった。もともとは、草原（セハード）に絞り込むつもりでいた。ただ後になってようやく、彼が拒むことのできなかった幻想である、シングーという機会があらわれたのだと思う。私たちはバナナウ島にいた。その当時、父はまだ単発機を操縦していた。私たちは二人っきりで世界の果ての上を旅していた。私は救命の初歩と密林でのサバイバルについてのマニュアルをめくりながら気晴らししていたが、そこでは、ペニスの口から入り込んできて、ひとたび尿道に居座ると、もはや取り除くことができないように、その鱗か何だか知らないものを広げてしまうごく小さな魚の描写のような、飛行機の緊急着陸や墜落をした場合の最悪の恐怖が扱われており、全てに豊富なイラストがついていた。バナナウ島の離着陸場はカラジャ族の村の近くにあり、やって来る者は文明に適応したインディオたちに迎えられていた。気の滅入る見世物だった。当時、悪い噂によれば、ジュセリーノ・クビシェッキによって、彼の愛人たちと会いやすくするという口実で建てられた一軒のホテルがあった。滑走路は宿泊客たちに役立った。一九六七年の七月、ホテルは雑誌『第七天国』〔一九五八年から二〇〇〇年まで刊行されていたブラジルの雑誌〕の異国情緒溢れるフォトコミックの舞台に様変わりした。三階建ての近代的な建物で、アラグアイアの川辺のブラジリアを思わせるものだった。少し後になって廃業となり、火事になったと言われている。もし未だに存在するのだとしても、バラバラに崩れ落ちているに違いない。私たちがやって来たときは、フォトコミックの数人の役者たちがフロントの近くのバーに座っていた。そして彼らのなかにはカラジャ族の長がいた。彼はウイスキーをもう一杯くれるようにとバーテンダーの説得を試みていた。バーテンダーは断り、族長を嘲っていた。フォトコミックの役者たちはというと笑っていた。父は私が母方ではロンドン将軍のひ孫だと知らせるように頼んできた。それからというもの、必要と思われるときはいつも、名刺のように、私を森へつれていく度に、彼はその情報を利用した。それを明かすとすぐさま効果があり、前もって何が起こるのかわかっていたけれども、酔っ払った族長はすでに村へとむかい、自分の息子から彼にあげたはずの様々な贈り物を奪って（特に棍棒と羽飾りを思い出す）、今度は、受付の支配人の意に反して、歓迎のしるしにそうしたものを渡すので私たちの部屋に上がるのだと言って聞かなかった。

一九三九年の七月四日に書かれた、マーガレット・ミードに送ることのなかった手紙のうちの一通で、クエインは次のように言っていた。「公式の扱いによってインディオたちは極貧に追い込まれてしまった。彼らを助ける方法とは彼らを贈り物で覆い尽くして、『彼らを文明へと引き上げること』だという（インディオたちに関心のあるわずかな人たちのあいだでだが）かなり行き渡った信条が存在している。そうしたことの全てはオーギュスト・コントに端を発しているらしく、彼は現地の高等教育に相当な影響を及ぼしていて、その優れたブラジルの弟子である、すでに老いたロンドン将軍を通じて、インディオ保護局を腐敗させてしまったのだ。まだ論理的なつながりを確かめられていないが、それがあることはわかっている」。

私の父はフォトコミックの女優の一人とすぐに懇意になり、次の夏にはペトロポリスで私は彼女と再会することになった。週末には、彼女とその二人の息子（彼らの父すなわちその女優の元夫もその都市に避暑用の家を持っていた）と一緒に、彼が私のところを訪ねに姿を見せ、あの再会が私に引き起こした不愉快を和らげようとアパッチの砦のプラモデルを買ってくれた。バナナウ島で、その女優が雑誌用に写真を撮っているあいだ、父と私は、『ジャングル・ジム』〔二十世紀前半頃のアメリカのコミック〕の帽子をかぶり、森のあたりを巡ってその日を過ごさなければならないとわかった六歳の子供にとっての理解を超えた不機嫌をかかえつつ、ジープとモーターボートで、焼けつくような太陽の下、彼が購入しようとしていた土地を探しに出かけたのだった。ある夕暮れどきに、バナナウ島に戻って、フォトコミックの撮影隊全員とホテルの支配人一家が、白い砂の、怪我をしている（あるいは赤い海水パンツをはいている――言い伝えだったが）者は、ピラニアを引き寄せないためにも、泳ぐのを禁じられていた楽園のようなビーチまで川を横切ろうとしている私たちを待っていたことがあった。引き寄せないためとはいうが、水に入る人たちの脚に噛みつき、おそらく私を驚かすためだったのだろうが、大人たちがピラニアの子供だと言ったごく小さな魚の群れはいた。父と一緒でないとき、私は、自分より少し年上だったに違いないホテルの支配人の息子と遊んでいた。そうした折に、ヴィラス・ボアス兄弟〔オルランド、クラウジオ、レオナルドの三兄弟。ブラジル奥地の探検家。インディオの保護に尽力した〕によって、シングー先住民公園のレオナルド分署では、何年間も戦争状態のままだった敵対する部族間での懇親会が準備されていた。ヴィラス・ボアス兄弟は、公園へとシカオン族のインディオたちを引き寄せようとしていたが、ワウラ族とヤワラピチ族は恐れを抱いて、すでに何年間もその公園にいたのだった。皆が前例のない出来事、白人たちの平土間にとっての異国情緒あふれる見世物に一変することになる儀式に期待していた。国内外の記者や写真家の取材隊はレオナルド分署で、軍の高官やその他の招待客と同様に、全員がFABのDC3に搭乗していたが、その到着が待たれていた。アイディアは誰のものだったのかはわからない。私たちは招かれざる客だった。あるいはたぶんホテルの支配人が招待されていただろう。父の単発機に乗って、かなり朝早くに私たちはバナナウ島を出て、森とホンカドール山脈の上空を飛び、シングーの方へとむかった。ホテルの支配人は前の共同操縦士の席にいた。私と彼の息子は後部座席にいた。レオナルド分署の上空を飛んでいたとき、私たちを指差し、滑走路へ駆けていったインディオたちを二人で見た。ＦＡＢの飛行機はすでにそこに着いていた。着陸すると、単発機はインディオたちに囲まれた。多くは、子供たちで、彼らくらいの年齢の一人の男の子を見ると、すぐに私に触り出し、私が怖がるのに調子づいて、服を取り始めた。私が叫べば叫ぶほど、父に助けを求めれば求めるほど、彼はかえって何もできなかった。というのも、インディオたちに囲まれ、彼も動けない状態だったからだ。実際には私が外へ連れていかれるのをかなり滑稽に思っていた——私にも私が不機嫌なことにもうんざりしていたというのは十分にあり得ることだった。インディオの子たちは私を運んでいった。まるで流れのなかにでもいるかのようだった。抵抗しても無駄だった。私の理解できた限りでは、私が裸なのを見て、彼らと同じにしたかったらしい。もう、オルランドかクラウジオだったかわからないが、ヴィラス・ボアス兄弟のうちの一人に私たちは迎え入れられた。彼は父に飛行機のなかで私と眠るように頼んだ。彼らはもう訪問客を収容するところがなく、外から会いにやって来たシカオン族の予期せぬ反応を恐れていた。背丈も低くて華奢であるにもかかわらず、彼らは地元の屈強なインディオたちに恐れられていた。彼らは裏切り者だと考えられていた。夜に村々を襲撃し、背高のっぽたちから妻たちを奪っていたのである。シカオン族の首長たちの一人の妻は、まだワウラ族の女の子だった頃にさらわれてしまった。空白の数年後には、結婚をして戻って来た。家族が彼女を取り戻す決心をするかどうかという対面が生じていたのかもしれない。ヤワラピチとワウラのなかの、ベニノキの種で身体を塗り、瓢箪型に髪を切った背高のっぽたちが恐怖し逃げ惑うにはシカオン族たちが近づいてきているという知らせで十分だった。グロテスクな場面であった。くる病の彼らが武装して森の方へやってきて、木々のあいだから出てくれれば、背高のっぽたちは逃げ出したり、互いに引っかき合って、白人たちの後ろに隠れたりした。あの夜、私と父は、安全のため、単発機のなかで眠り、翌朝私は飛行機の後部座席でぐっしょりと濡れた状態のまま目を覚ました。裏切り者のインディオたちと、もしかすると村のあたりをうろついていたかもしれない豹がいるという考えに怯え、夜のあいだは起き上がる勇気もなかった。父を起こそうとしたかどうかも覚えていない。翌日帰るときになって、彼はパンツに時計という格好で出ていくことになった。インディオたちは残りのものを手にしていた。私は自分のものを何も置いていかなかった。あの人々にはうんざりしていて、一度ならず父の介入のおかげで、私の祖父への敬意として、すばらしい棍棒、弓矢、羽飾りを受け取って、両手いっぱいになって出て来たにもかかわらず、誰にも何もプレゼントしたくなかったのだ。別れのしるしとして、彼は最後にその分署の上を低空飛行することにした。子供の私の無意識のなかですら、恐れるにはいたらなかった。あたかも遊園地のジェットコースターにでも乗っているかのようだった。他の乗務員、ホテルの支配人とその息子が怖がり、困惑するように、私はもっとと頼んでいた。分署の中央の方向へ先端から下りて来るたびに、恐怖を覚え、肝を冷やして、あらゆる方向へと駆けていくインディオたちの群衆のことだけを私は思い出す。ホテルの支配人の押さえ込んだ恐怖、地上で訪問客たちのあらゆる悪ふざけや馬鹿な行為に耐えることを強いられていたヴィラス・ボアス兄弟の苛立ちはただ想像するばかりだ。

五年経ってようやく私はまた危険を意識するようになった。私は十一歳になっていた。父はまだセスナ三一〇の双発機をもっていた。彼はすでにモルチス川の、ババナウ島南部にある、高原の六千アルケイレにおよぶ、トラカジャという名をつけた農園と、二千アルケイレ以上におよぶ、サン・ジョゼ市の、シングー川からおよそ四十キロという完全な処女林のなかにある、サンタ・セシーリア農園の所有者となっていた。シキーニョ・ダ・ヴィトリオーザスはまだ亡くなっていなかった。父はヴィトリオーザスからサンタ・セシーリアまで道を開こうとしていた。工事の様子を見に、私たちはトラックで出かけ、数台あったトラクターのうちの一台を修理するためゴイアニアの機械工をつれていった。たいそう喜んで道と呼んでいたあの泥の海のぬかるみを横滑りして、森の真っ只なかの巨大な波のなかで上り下りしていたトラックの荷台に乗って私たちは進んでいった。道は処女林の壁の正面にある空き地で終わっていた。私たちが近づくや否や、襟とシャツの袖をしめ、ズボンの裾をブーツのなかに入れるように勧められた。伐採によって森は混乱に陥っていた。動物たちや鳥たちがいたるところで叫び、人間たちの腕を覆ってしまう黒い蜂の大群があらわれた。父は私に、動かず、蜂に腹を立てたりせず、シャツやズボンの下から入ってこないように身体をくねらせるようにと言った。私はとにかくそこから出たかった。数年のうちに飲み込まれてしまうことになる、栄光もない作業のため、私たちは地獄の真んなかで何をしていたのだろうか？　森のなかでの叫びには驚かされていた。私たちは機械工がトラクターをどうにかするのを待ち、サンタ・セシーリアまで飛行機でむかう目的で、ヴィトリオーザスへ戻った。その段階では、農園はわずかなバラックと土のずいぶん粗悪な停泊用の滑走路のある、森に囲まれた小さな空き地にすぎなかった。二メートルの高さにも満たない乾いた草の屋根を支える、叩き固められた土の地面に突き立てられた木の細い幹でできた、三メートル平方にも及ばない小屋で私たちは夜をすごした。二つのベッドがあった——実際には、土の上に固定された四本の三つ叉に支えられた木の枝の二つの台だった。壁を形作っている細い幹のあいだを通って、蛇、百足、蠍が入って来るかもしれなかった。夜には、とんでもなくひどい寒さになった。父は翌朝のものすごく早くに出発することを決めていた。日の出の前に起きて、朝食をとると、荷物を持って飛行機に乗った。父が飛行機に乗って出発したときにはすでに明るかったが、太陽はまだ木のバリケードの後ろにあらわれてはいなかった。フロントガラスは曇り、露に覆われていた。その軽率さのために、父はガラスの曇りを払うのには滑走路を走らせ、飛行機を動かせば十分だろうと考えた。だが、そううまくはいかなかった。機械工は共同操縦士の場所にいて、私は後部座席で、漫画を読んで、気を紛らわせていた。飛行機は地上の滑走路を走り、突然、いつも以上に振動し始めた。父はあえて離陸を強行した。そのとき私は何も理解していなかった。考えていたのは私たちがトラカジャまで、そしてそこからゴイアニアまで行き、そこで機械工を下ろして、サンパウロまで戻っていくのだということだった。しかし、父はすぐに、計画を変更し、人々の言うところによれば、シングーとモルチス川のあいだの道半ばにあって、当時ヴァチカンの株式の管理下にあったという、まさに一つの世界であった、巨大な農園であるスイア・ミスで下りると告げた。私は飛行機の後尾でパチパチいっているもののあの騒音は何なのか父にたずねた。彼は鳥か何かがぶつかったんだろうと言い、私に黙るように命じた。旅のあいだはそれ以上話さなかった。父が機械工と私の方をむき、両翼の先端にあるタンクに燃料が残るようにエンジンを切ると告げたのは、おそらくその地域で最高のものである滑走路がすでに遠くにあらわれて、私たちがスイア・ミスに近づいたときになってようやくのことだった。私たちに心配しないようにと彼は頼んできた。機械工には飛行機が地面に触れる前に扉を開けておくように勧め、地面にぶつかったらすぐに、飛行機が爆発しないとも限らないので、私たち二人は飛び降りなければならないと言った。私は漫画を開き、目を大きく見開いた。私はまだ何が起こったのかわかっていなかった。サンタ・セシーリアを出るとき、離陸しようとして、父はまずい操縦をしたのだった。フロントガラスの曇りを払おうとしていて、すでに滑走路を出て、森に入ってしまっていたことに気づかなかった。彼が離陸を強行しようとしたときのことだった。すでに停止装置は損傷した状態で、木々のなかだった。ラジオのアンテナ線は木々の樹冠で切れてしまっていた。飛行機の後尾での騒音は風で打ちつけられていた線からのものだった。危ないところで、私たちは森のなかでこなごなに砕けずにすんだのである。今度は、双発機が、エンジンは切られて、先端を上げたまま、滑空しつつ降下していった。機械工がせめて翼の上の扉を空中で開けていたのかどうかも思い出せない。私はパニック状態だった。停止装置がすでにはずれていたので、飛行機は腹から地面にぶつかった。左翼は衝撃と共に引き抜かれてしまい、滑走路の左側の土の窪みに先端から突っ込むことになってしまった。誰も投げ出されなかった。誰も怪我をしなかった。機械工はそのまま降りた。私はおぼつかない足取りで降りた。私が泣き叫び始め、ヒステリーを起こしそうになりながら、父に飛行機から出るように頼んだのは、ようやく地面に降り立ったときだった。最も信じがたいことは、私の思い出す限り、彼が笑みを浮かべながら出て来たということだった。おそらくは安堵のため、おそらくは恐怖を隠すための苦笑いだった。すぐに農園の管理者の車が数台到着し、誰も負傷しなかったことを確認した後、その人は私たちを昼食に招き、私には鎮静剤をくれると、使用人の一人に私たちを近くの集落までつれていくように命じ、そこで私たちは飛行機タクシー〔貸し切りの短距離飛行機〕に乗ることができたのだった。私たちは陸路にせいぜい四時間をかけたが、小さな停泊場で唯一使える飛行機は、その後尾がV字型をした、安定性を欠くということで名声を得ていた、不吉なボナンザ一台であった。あのゴイアニアまでの旅ほどに吐いたことはなかった。ゴイアニアでは、鎮静剤の効果のおかげもあってか、二十四時間途切れることなく眠ってしまった。目を覚ますと、父は私にもう少しで医者を呼んでしまうところだったと言った。私の目を覚ました日、新聞各紙の見出しはオーリーへ下降するルートで、不可解にも火災となってしまい、乗務員の多くと、一人を除いて、乗客全員が亡くなったヴァリグの旅客機の悲劇であった。新聞には亡くなった有名人たちの写真が載っていた。そして、何らかの形で、私はその大きな悲劇を自分たちの小さな事故に、あたかもその二つのあいだに理解しえない何らかのつながりがあるかのごとく、関連づけたのだった。シングーは、いかなる場合にも、私の記憶のなかで地獄のイメージとして残されることとなった。そこに居を定めようとしたインディオたちの頭のなかで何が起こったのか理解することはなかったが、そのことが、マゾヒズムや一種の自殺行為などではないとすれば、私には信じられないほどに愚かなことのように思えた。二〇〇一年の八月に、その人類学者がとうとう私に次のようなことをはっきりさせにクラホー族のもとへ誘うまではそのことについてそれ以上考えることはなかった。「シングーを見ろ。なぜインディオたちはそこにいるのか？　なぜなら、押し出され、追い込まれ、最も住みずらく、行きずらく、彼らが生き延びると同時に、唯一最後の条件とするには、最も劣悪である、その場所に定着するところまで逃げていったからだ。シングーは彼らに残されたものだったのだ」と。

　新聞記事でクエインの自殺のことを初めて読んだ少し後に、私はクラホー族に関する情報を探し始めた。一九四〇年の八月二十五日、土曜日の明け方、その民族学者の自殺の一年後、彼が最後の数カ月を過ごした村は、当時ゴイアス州に属していた、ペドロ・アフォンソ郡の、ジョゼ・サンチアゴとジョアン・ゴメスという二人の農園主の指揮の下に、ライフルで武装した十一人の男たちによる襲撃を受けた。家畜を盗んだインディオたちに教訓を与えようと、仕返しに、卑怯と悪意を尽くした闇討ちを計画したのだった。他の村も標的にした虐殺の最終的な数字では、男女と子供も含めた二十六人のインディオたちが死んだ。襲撃の前に、インディオたちが肉を分けに集まって来ることを予見して、農園主たちはカベセイラ・グロッサに一頭の牛を提供した。罠だった。夜明けに、男、女、子供たちが無警戒な状態で食べていたときに襲撃がなされた。恐怖にとらわれ、インディオたちは森へ逃げようとした。何人かは数日の間、姿を消した。ヴィセンチ老人の場合、彼はまだ若かったこともあり、走って逃げることができた。私がクラホー族を訪ねたとき、二〇〇一年の八月、彼は自分なりの形で私に経緯を話してくれた（クエインは彼と知り合ってはいなかった。というのもそのアメリカ人が村で過ごした数カ月のあいだ、パラ州で、白人たちのために働いていたからだ）。女性は子供を胸に抱えたまま惨殺された。襲撃を受けたとき、首長のルイス・バルビーノは農園主たちとのさらなる話し合いを求めたが、襲撃してきた者たちに殺されてしまった。彼らは村から略奪をしたが、そのなかにはクエインのくれた物も含まれていた。新国家体制の圧力下で、農園主たちは裁かれ有罪となったが、執行猶予付きで刑期を終えた。この一件は最終的に、クラホー族の領地画定とインディオ保護局によるマノエル・ダ・ノブレガ先住民居住地の創設へとつながった。虐殺のトラウマの反動は計り知れないもので、一九五二年頃に、クラホー族のあいだに広がった他の村でのメシアニズム運動においてさえ推測され得るものである。ヴィジョンを得たという者は、マリファナの働きの下であらゆることが彼に示されたのだが、白人の消失、インディオたちの文明人への転身、雨の神によって超自然的な体験のなかで彼に告げられた出来事を予言していった。その運動は予言が実際に起こらなかったことで信憑性を失った。

私はクラホー族に関する情報を探し求めるなかで、二年以上彼らのなかで研究と生活をして、国内外の補助金でインディオたちを保護する独立した組織を創設しようと決断をした人類学者の夫婦をやっとのことで探し当てた。私たちはサンパウロの組織本部で一度会う約束をした。私が彼らに何を探しているのかを語ると、驚いたことに、すでに高齢だったが、自殺した夜にブエル・クエインに同行していた二人のインディオのうちの一人に会ったことがあると私に話してくれた。

クラホー族のなかで暮らした頃、二人の人類学者は一度ならずジョアン・カヌート・ロプカという老人に迫られ、彼がその死に立ち会ったアメリカの民族学者、ブエル・クエイン博士についての話を聞いていないかどうかたずねられた。彼らが老人の名前を記憶するのには時間がかかった。彼に特に注意を払うことなく、老人の話を聞いたが、それによって人生でも最も特別でトラウマになった出来事の一つに関して白人たちが何も知らないことに彼は驚き、同時に困惑した。その老人にとって、ブエル・クエイン博士が何者であったのかを白人が知らなかったというのは信じられないことだったのです、と、人類学者の夫婦は書類と文書の山と壁に広げられたインディオの土地に目印がつけられた地図であふれた部屋で会ったとき私にそう言った。

そのとき、すでに私は完全にとりつかれてしまい、他のことを考えることができなかったが、前に私が探していた人たち全員と同じように、彼らもなぜなのか知りたがらなかった。誰も私に理由をたずねはしなかった。私は小説を書きたいと思っているのだと話した。他人にとっては病的で説明しがたいらしい、私の熱狂を前にして、二人は当初ただ少しばかり不信を抱いたと思う。私はクラホー族、そしてもし可能なら、自殺の場所を訪ねたかった。不信あるいは単に示し合わせからきているかもしれない視線を時折交わしながら、彼らは黙って私の話を聞いた。初めのうちはインディオたちに関しての私のねらいを確認したがっていたのかもしれない。その人類学者は私に、偶然にも、カロリーナへむかう旅をする予定だと言った。あの地域のチンビラ族の様々なグループ——クラホー族だけでなく、カネーラ族とガヴィアン族の代表者たちと会う計画を立てていたのである。もし望むのであれば、私も彼と行ってかまわないと言ってくれた。彼はカロリーナでのその会合が終わったら、長男を村へつれていくとクラホー族に約束していた。二十歳そこらになる、その若者は手術によって心臓に生まれつき抱えている問題を解決して命をつないだのだった。幼少期から思春期と何度も先送りにした後で、ついに彼の手術が決断された。手術は、簡単ではなく危険がないわけでもなかったが、見事に成功し、インディオたちは、感謝の意を示し、小さい頃から知っていたその子の快気を祝いたがっていたのである。

　奇妙な一致であるが、チンビラ族の会合は七月三十一日と八月一日に決まったことで、私たちが村へ出発するのは八月二日でなければならなくなったが、それはブエル・クエインが、六十二年前、逆の行程を進もうとしていたときに、自殺したのと同じ日だった。私が、ブラジリア、パルマス、午後の二時のきつい日差しの下、高原の草原地帯（セハード）を真っ二つに切っている、ほぼ完全にアスファルトで舗装された道路を、二百キロメートルとほんの少しという旅程のあいだ、一秒たりとも話すのをやめなかったタクシー運転手の待っていたアラグアイーナを経由したフライトを経て、到着したときには、人類学者とその息子はすでにカロリーナに数日間滞在していた。

カロリーナは、ブエル・クエインが初めて降り立ったとき語ったように、死んだ場所であるが、今日でもなお、あたかも全てが静止し、ときのなかに保管されてしまったかのように、静かに衰退し放置された結果として、その魅力を有している。アラグアイーナからの道路は、むかい側のトカンチンスの街の前に通じているが、そこは厳密には集落をこえるものでもなく、わずかな街路以上のものでもないが、そこにはフィラデルフィアという異様かつ真実味のない名前がつけられていた。私たちが筏に乗ろうと下っていくにつれて、乾期においても流れが激しい川が私たちの前に開け、反対の岸に小さな港とピペスの船着場が見えたとき、あたかも前にもあの風景をすでに目にしていたかのような、気味の悪い既視感にとらわれてしまった。「ブラジルの密林で自殺した学者の衝撃の事実」と、いくらか遅れて民族学者の死を報じていたグローボ〔ブラジルの大手メディアグループの新聞〕の一九三九年八月十八日号の最初のページに載っていた街に到着したときのクエインの写真で私が見ていたのはまぎれもなく同じ背景だったのである。

港から上がって来る人は中心となる教会のところで終わっているマンゴーの並木道であるジェトゥーリオ・ヴァルガス大通りを通らなくてはならない。私の泊まった宿は、今日では青タイル（アズレージョ）や金属製の窓枠で姿が変わってしまったマノエル・ペルナのかつての土の家から数メートルのところにある。日も暮れる頃、暑くなった住民たちは家の前の歩道に椅子を置き、夜になるまで話をしている。ブエル・クエインが三月には降り立ち、そのあとの五月の末には去り、六月の頭には、手紙、金銭、食糧を探し、自らの誕生日を祝いに来たときに、過ごした数夜、きちんと話を聞いてくれる相手を見つけたのがマノエル・ペルナの家であった。悲劇を告げ、故人の所持品をその技師へ渡しに、インディオの一団が二カ月後にむかったのもそこだった。

私が到着した日は人類学者とはちゃんと会うことができなかった。彼はインディオたちへの対応で非常に忙しかったのである。私たちは翌日のお昼どき、クラホー族たちが集まっている街の郊外で会う約束をした。彼はクエインと会ったことのある老人を私に紹介すると約束してくれていた。私は行き当たりばったりの調査から、民族学者の死についての手がかりを、街の公文書館や公共施設に保管された状態で残っているかもしれないなにかしらの文書を探す朝の空き時間を得た。奥地の真っ只なかの古めかしい土製の家の奥のかまどそのものとでもいうべき、窓のない部屋の忘れられた棚の上で埃をかぶったファイルのなかに押しつぶされていた、殺人、色恋沙汰や金銭をめぐる事件、家族間での諍いや自殺についての調書、指の間からこぼれる粉のようにぼろぼろになっている書類のなかには何も見つからなかった。私は人気のない街を歩き回った。四十度と暑かった。私は中心となる教会に立ち寄ってみた。扉は閉まっていたが、自転車に乗った人が、入ろうとしている私を見て、通りのむかい側の緑の家へいって神父を探すといいと勧めてくれた。私は教会の助手に迎え入れられた。教会を見学し塔に登ることができるかどうか尋ねた。街のパノラマ写真を撮りたかったのである。その若者は裏口の鍵を渡してくれて、もし万が一、教会の見学を終えて、そこに私が戻ってきて彼が見つからなかったら、教会の入り口のすぐのところにある釘にぶら下げておいて欲しいと頼んできた。彼はお昼を食べに出かけようとしていた。身廊は工事中で、塔の内部は完成していないようだった。いたるところに木材の破片が落ちていた。壁は、何の覆いもない、むきだしの煉瓦で、およそ二メートルの幅の空隙を回っていくように、そのあいだを上っていくセメントの階段があった。大した問題もなく私は上り始めた。私はいつも高いところに何かしら恐怖を感じてきたが、恐怖症という形を採るまでに至ることは一度もなかった。上へ行くにつれて、高さと共にセメントでできた足の踏み場の厚さが減ってきたのに気づいた。石造りの雑な仕事だ。高いところでは薄い階段がもはや人の重さを支えられないのではないかという印象だった。手すりはなく、もはや暑さでなのか、怖さでなのかもわからず汗をかきながら、私は壁に沿って慎重に進み始めた。中央の何もないところと下の方を見るのは避けていた。突然、次の段へむけて脚を上げるのがきつくなり、自分がゆっくりと不規則なセメントのあたりを這うようになっていたのに気づいた。とうとう鐘楼にたどり着くと、私の目の前にすばらしい景色が開けた。樹齢百年以上のそのマンゴーの樹の茂りのあるジェトゥーリオ・ヴァルガス大通り、右手には、遠くの高地の方角にある森のあたりを豊かな川として流れるトカンチンス川があった。たまたま、日傘の下に姿を隠した人だけが下の方を通っていった。私は一人きりだった。風の他には何も音が聞こえなかった。目眩を感じたりはせず、あたかも初めて自分の身体が制御できなくなるのを意識し、あたかも私の意思へむけられた外的な力が一方の時間から上の方の別の時間へと私を投げ出すかのようであった。あの広がり全体の南のどこかに、ブエル・クエインの遺体が埋葬されていたのだ。私は写真を撮り、一段ずつ、階段を座るようにして下りた。まだ教会の家にいてあまりにも早く私にまた会うことになるとは予期していなかった、神父の助手に鍵を返した。教会に行ったことは誰にも話さなかった。正午、約束していた通り、私はタクシーをつかまえ、インペラトリスへむかう道を進む人の右手にある砂浜の過ぎた先、街から二百キロメートル離れたあずまやで開催される、ウルプシェチと呼ばれる場所でのチンビラ族の会合へむかった。私の考えは、子供の頃、クエインに会ったことがあり、その民族学者が埋葬された場所について話してくれるかもしれない唯一存命のクラホー族であるディニス老人と会話することだった。その老人は人類学者がつれていこうとしていた村には暮らしていなかった。その会合は私が彼に面会できるかもしれない唯一の機会だった。

私は昼食をとっているインディオたちに近づいた。ディニス老人は、二十人ほどが米と豆と一緒にパスタを食べている大きなテーブルの端で、長椅子に座っていた。息子は彼のそばにいた。はっきりとした顔立ちで、背が高く、どこへ行くにも彼に付き添っている人だった。二人はシャツを着ておらず、ショートパンツにゴムぞうりという装いだった。老人がお昼を食べ終えるとすぐに、人類学者がすかさず私たちを紹介しようとした。私たちがあずまやの隅に座ると、すぐに、興味を抱いたり、不信感を抱いたりしたインディオたちに囲まれてしまった。最初は、私が何を求めているのか知っていて、私を怖がらせ、その老人を助けようとしてそこにいたのだと思ったが、しかし徐々に彼らは何も知らないのだということがわかってきた。彼らは私と同じように好奇心旺盛だったのである。彼らは若く、彼らに害を与えていたかもしれない、何か重要なことが遠い過去に起こったということは知っていたが、正確に何であるのかは知らなかった。彼を囲んでいたのだとすれば、それは彼を守り、彼を抑えるためであると同時に、仮に何かが明らかにされようとしても、絶対に何も明らかにしないようにするためだった。私はポケットからレコーダーを取り出した。そのとき老人は機器を指差し、この上なく無遠慮にこう言った。「そいつが一つ必要だ」。私は何もできなくなった。為す術もなく、人類学者の方を見た。やって来た矢先に、もうどのように反応すべきなのかわからなくなる始末だった。「私はこれしか持っていなくて、これは仕事に必要なんです」と、感じが悪くならず、万が一盗まれるという状況を避けるためにも、私に何か求められれば全て手放さなければならなくなってしまうので、途中で私が手放したくない仕事用の個人の所持品に関してどうやってふるまえばよいか人類学者が教えくれた助言に従って、答えた。しかし、ディニス老人は、私の当惑を感じとり、自分が負けたとは考えなかった。「あんたはわかっていないな。私はあんたのレコーダーが欲しいんじゃない。それと同じものが欲しいんだ」。私は断固とした態度をとろうと努めた。「これしか持っていないんです」。その老人が頑なに言い張ったことには、「サンパウロであんたが同じものを買って、郵便で送るんだよ」ということであった。

会話はほとんど成立していなかったが、すでに険悪な形で始まっていた。人類学者は私を助けにきてくれた。他の形では終わらなかったであろうあの対話を遮り——私もその老人も相手が何を言っているのかわかりながら理解したがらなかったからなのだが――何も望んでいない人であるかのように、さもあのことが不意に彼の頭をよぎり、私がそこにいる動機でもないかのように、ディニス老人に「アメリカの人類学者」の話について尋ねた。あの出会い方とあからさまな戦略の欠如のせいで私は動けなくなってしまい、ディニス老人がこう答えたときにはレコーダーの電源を入れることができなかった、あるいは入れることを忘れてしまった。「カントゥヨン」。私が翻訳を求めて人類学者の方を見ると、同じく驚き、手がかりをつかんだという感じとある種の興奮に満ちた彼の目に気づいた。「名前ですよ!」、興奮した様子で、彼は私に言った。「そう彼らはそのアメリカ人を呼んでいたんですね」。私は彼に言い直すように頼んだ。老人は言い直し、人類学者が私のメモ帳に名前を書いた。「どういう意味ですか?」、私はそれを知りたかった。しかし誰もはっきりとはわからなかった。老人はただ繰り返した。「カントゥヨン、カントゥヨン」。あの名前の意味を私に教えてくれる誰かを見つけようと、私は旅の残りの日々を過ごした。二日後、村に到着すると、若者たちのなかでも最も活動的な、言語そのものの研究に関心のある夫婦で、まだカロリーナにいて私に紹介するとき、人類学者がからかったように、「村のインテリ」だった、サビーノ・コジャンとクレウーザ・プルンクイが私に「トゥヨン」はなめくじ、蝸牛、その痕跡を意味していると教えてくれた。人類学者はすでに「カン」は現在、ここ、今であると教えてくれていたが、誰もあの二つの言葉の組み合わせの意味を理解することはできなかった。人類学者は、白人たちが一般的に考えているのとは逆に、インディオたちの名前は常に何かを伝えようとするものではなく、特に名づけられた者の人格とは関係がないと私に説明した。レパートリーの一部を成していて、偶然に割り振られるのである。あの名前が何を意味しているのか知らぬまま、私はサンパウロへ戻るはずだった。しかし、クエイン自身について何も示していないということ、名前と人とのあいだには何の関係もないのだということは受け入れられなかった。私は思い切って本能的でかなり主観的な解釈をしてみた。つまり、「カントゥヨン」は、私にとっては、蝸牛の家であると同時に、世界における彼の重荷、どこにいようとも彼が運び、雨宿りに役立つ殻、死によるのでなければ解放されることのない彼自身の身体、彼にとってのここ、そして彼にとっての永遠の今となっていった。「カントゥヨン」は私には蝸牛の痕跡になっていったのである。つまり、逃げても無駄だ、あなたがどこへ行こうとも、いつもここにいることになるのだから、ということだ。そのイメージは私に蝸牛たちについてのフランシス・ポンジュのテクストを思い出させた。「今の君として君自身を受け入れなさい。君の欠点に応じて。君の寸法に従って」。

「彼に名前を与えたのはクラヴィーロだよ」、老人はそう結んだ。

ルイス・バルビーノは、クエインの死から一年後の虐殺のときに殺害されることになる村の長だったが、おそらくカロリーナに到着した日にコンドルの水上飛行機の翼の上でその民族学者の横にいたインディオたちのなかにいた。クエインを村までつれていったのは彼だった。クエインはカロリーナでたくさんのものを買った。食べ物、贈り物の玩具、武器と弾薬を、村へ出発する朝にルース・ランデスに宛てて書いた手紙のなかでその人類学者が言い及んでいた「インテリ」の一人、農園主で商人のジュスチーノ・メデイロス・アイレスが営む店で。ジュスチーノは若い頃、カロリーナ文学協会の副会長だった。一九三九年の三月八日に民族学者が出席した式典でウンベルト・ジ・カンポスを讃えるスピーチの一本は彼のものだった。「青年、ウンベルト」。「クラホー族虐殺に弾薬を提供したのはジュスチーノだった」、ディニス老人は言った。村へやって来たとき、バルビーノは、彼に住居が建てられるまで、最初はムンジッコの家にいるようにと人類学者へ指示した。そのアメリカ人はバルビーノとムンジッコと話しがちだったが、それは彼らの方がポルトガル語を扱えたからだった。ムンジッコはある牧師にイタカジャへ連れてこられ、そこで村へ戻る前に教育されたのだった。私はブエル・クエインが「インディオたちにブラジルの踊りを教えた三十五歳の実に品の良い一人の男の影響」に言及する際、クラホー族について残したレポートで語っていたのは彼について（その牧師あるいはムンジッコ自身について）ではなかったのかと疑うようになった。ディニスは好奇心から人類学者の後についていった子供にすぎなかった。彼は全てを目の当たりにしていた。村は、人々がカベセイラ・グロッサと呼んでいたあの場所にほんの少し前に建てられていた。クエインは二百十名の人を確認した。彼が到着した翌日、川へ水浴びに行き、ディニスは、彼を覗き見ていたが、彼が頭を剃るのを見た。民族学者はインディオたちとは食べず、彼らから食べ物を受け入れなかった。ベイジュ〔マニョックの粉を焼いてつくった生地で具を包んだ食べ物〕は食べなかった。彼には持参の米があった。あるとき、出産を手伝い、生まれたばかりの子に名前をつけ、贈り物を持って来た。しかし、どんなことでも参加するというようにはならなかった。一日中、彼は書いてばかりだった。「狂人みたいに煙草を吸っていたよ。手巻き煙草さ」と、老人は言った。飲んでいたのか？「いいや。飲んでいなかった」。村にむけてレコードをかけ、歌っていた。彼のために村の歌を歌ってあげていた一人の子供がいたという。「ザカリアスという名前だった。もう亡くなっているよ」と、老人は言った。ブエル・クエインがなぜ自殺したのか彼が知っていたのかどうか私は尋ねた。「私は手紙を受け取った後におかしくなったんだと思う。彼は妻が兄弟と一緒になって裏切ったんだと言った。それから先は身辺の整理をして、それ以上は何もせず、誰とも話さなかった。ある日、出て行くと言ったが、手紙を受け取ってそれほど経っていなかった。ジョアン・カヌートとイズマエル――二人とも、死んでいるが――その二人の若者を雇って、村の広場に行き、別れを告げた。朝に出ていったよ」。

公式の報告とディニス老人の話との食い違いはとりわけ出来事の日付とそれとの対応に関係している。その老人によれば、日没頃に沼地へ、水のあるところ、おそらくは小川へ到着し、民族学者は止まるように頼んだのだという。先に進むことはできない、かなり疲れているのだと彼は言った。一週間後にカロリーナに到着したとき、不安な様子で、インディオたちの語ったことに基づき、エロイーザ氏に宛てたマノエル・ペルナの話と、ブラジル銀行の支店長カルロス・ジアスがリオデジャネイロに送った手紙のなかで認めたことによれば、彼は美しい景色を、「彼の住まいにとって魅力ある場所」を見つけていたというのだが、ディニス老人の話では全てが起こったのは最初の夜すぐのことだったという点での違いがある。もし三十一日にちょうどその村を出ていたとしたら、カロリーナまではまだ九十キロほどあったと判断して、一日あたりおよそ三十キロと計算すれば、すでに三日歩いていたことになる。公式の報告によれば、手紙のうちの一通で母が四日間の道のりの後には文明の地へたどり着くという栄光なき試みの果ての息子の死について語っているにもかかわらず、人類学者は二日の夜に自殺したという。「彼らは森のなかで足を止めた。彼はもう先に行くのは無理だと言った。二人の若者は彼のために藁でできたあばら屋を作ってあげたんだ」と、ディニス老人は言った。マノエル・ペルナの話によると、いつも「そっくりそのまま繰り返すように泣きながら」、最後の数通の手紙を書いていたのは、日も暮れ夜になろうとする頃、そこにおいてであったという。彼はジョアン・カヌートに一通を渡し、一番近い農園まで持っていくように命じた。インディオはそれに従った。もう一人の若者は、眠りながら、民族学者と残ったということになる。ディニスの話のなかにもいくつか内容の矛盾があるのだが、そうしたことは幼い頃に物語だけを聞き、六十年以上後になって何も見ることなしにそれを繰り返すような人にとっては当然のことだ。彼によれば、例えば、クエインは、「まだ明るいうちに、血を流しながら、自らの全身を切り刻んでいき」、そしてその後、手紙を書くかたわら、「金を燃やした」のだが、そのことで彼は人類学者が狂ってしまったのだと結論したという。公式の報告によると、民族学者は受け取った手紙の一切合切を燃やし、彼を自殺に至らせることになったと推測される理由のいかなる痕跡も残さなかったことになっている。「受け取られ、彼に実に悪いことを引き起こした手紙について、彼は誰にも語らず、インディオたちに決して見せることもなく、読んだ後には、焼いて、灰にしてしまいました」と、エロイーザ・アルベルト・トーヘスへ金額を提示したときに、カロリーナの銀行家であるカルロス・ジアスは書いた。クエインは自らの首や腕を切り刻んだ。しかし、ディニス老人が私に語ったように、もしまだ明るいうちに自らを切りつけ始めたのだとしたら、もう一人が一番近い農園に手紙を持っていくあいだに、彼の近くにいることになったインディオのイズマエルが一体どうして目にしなかったというのだろうか？　公式の報告では、イズマエルは眠っていて、目をさまして全身が血まみれのクエインというこの上なく恐ろしい（ダンテスコ）場面に遭遇すると逃げだしてしまったという。ジョアン・カヌートはセヒーニャ農園の所有者であるバウドゥイーノのところへ持っていった手紙の内容は知らなかった。バウドゥイーノはインディオが到着したときには出かけてしまっていた。農園には読める者が誰もいなかった。手紙で、人類学者は墓を掘るためのスコップと鍬を頼んでいたが、それはまさにあの「死んだという場所」に葬られることを望んでいたからだった。スコップも鍬もなしに野営地に戻ると、ジョアン・カヌートは剃刀で全身を切り刻み、血まみれになった彼を見つけた。恐ろしくなり、民族学者に、自分を痛めつけるのをやめるように、死んでしまうから、そんなことはしないように嘆願した。若いアメリカ人の嘆かわしい状態を前にして彼は怖気づいてしまった。なぜ彼が自らを切り刻んでいたのか尋ねると、正気ではなくなった彼は「苦しみを和らげ、その苦しみをもたらす痛みを消し去る必要があったんだ」と答え、もう先に進めず、カロリーナにどんな顔をしていけばよいかわからなくなっていた。彼が絶望のなかで言及していた恥辱というものが妻に裏切られたことになっている事実に関するものだったのか、あるいは自殺未遂という彼の突発的な行為の後、すでに全身を切り刻まれた状態となった今やもう世間に顔合わせできないということだったのかどうか、いかなる報告も明らかにはしていない。帰って来たインディオを見て、彼の狂気の沙汰の後、過ちによって我に返り、もはや後戻りすることはできないと気づいたかのようであった。恐ろしくなり、ジョアンも逃げ出した。助けを求めて、セヒーニャ農園に戻った。農園主のバウドゥイーノとその他の数名の牧童をつれて、翌朝に帰ってくると、血だまりの上、弓なりになった木で首を吊った民族学者を見つけたのだった。「インディオたちが逃げると、太い枝につけたハンモックの縄で、よりかかったまま、首をつったんだ」と、ディニス老人は言った。頼んだ通りに、彼はそこに埋葬された。穴を掘り、埋めた後、ブリチ〔ヤシの一種である植物〕の木片を墓の目印とした。警察も当局も決して現場へは行かなかった。遺体は掘り出されなかった。カロリーナあるいはペドロ・アフォンソの登記所にも裁判所にも、一枚の調書すら残っていない。カロリーナの警察署では、一九八〇年以前の訴訟に関する書類は焼却されてしまった。いつの日か家族がその死者に敬意を払いたいと思うことがあった場合に、墓の目印を残しておこうというエロイーザ・アルベルト・トーヘスの要求が聞き入られることはなかった。知られている限りでは、誰もそこには戻らなかった。

　クエインに兄弟は一人もいなかった。八月の初め、カロリーナへ旅する前に、マノエル・ペルナ一家の所在をつきとめようとしていたが、私はとうとう電話番号のリストにトカンチンスのミラセマに住んでいる長女ハイムンダの名前を見つけた。インディオたちが彼女の父に語った限りでは、クエインの自殺の理由は義兄と共に妻が彼を裏切ろうとしていたのが明らかになったことだったのだと、私に言った。そうしたことを初めて聞かされるのはショックであったが、自殺の際に残した手紙のなかに、姉の夫に宛てたものが一通あり――姉あるいは母に宛てたものが一通もないという情報を手にしたときはなおさらだった。新聞記事によってその話へと私を目覚めさせた人類学者にそうしたことを伝えると、彼女は「兄弟」や「義兄弟」といった用語は、インディオたちのあいだでは、象徴的あるいは分類的な意味を持ち得る、つまり、名前の伝達に関わっているのであり、血縁的な親族とは全く関係ないということに注意するようにと言った。兄弟あるいは義兄弟は、彼女によれば、友人、クエインの関係の輪のなかの誰かにすぎないかもしれないということだった。そして、会話の初めに、私たちの知っているところまででは、妻などいなかったということを彼女に思い出させなければならなかった。クエインは仕事上の目的を達成するのに自分は結婚していると言い、自らの私生活を守っていたかもしれない（それは、インディオたちに語ったのと同様に、混乱を招くような質問や状況を避けるために、ブラジルへ到着してすぐに芸術・科学研究監査評議会に送った調査許可を求めたとき、戸籍上の身分に触れたということでしかなかったのかもしれない）が、心の奥で他の人のことにも触れていたのかもしれなかった――そしてどうして自分自身の姉にではなかったといえるだろう？

私がついにはその話をした疑り深いとある友人はさらに後になって私に笑いながらこう言った。「あり得ないよ。ずいぶんとホドリゲス的になるじゃないか」と、ネルソン・ホドリゲス〔ブラジルの劇作家〕の戯曲の近親相姦の状況に言及した。実際には、クエインの姪と甥はそれぞれ一九二八年と一九三二年に生まれたが、それは後の民族学者が青年だった頃から姉は結婚していたということで、つまり、ブエルが自殺したときには義兄がすでに家族に加わって十年以上経っており、彼のふるまいのなかに起きた何か新しいことが人類学者の自殺の理由になったとは考えにくい。義兄がその当時他の女性とクエインの姉を裏切ったという考えは、まだ捨てることはできないが、少なくとも自殺の原因としては、やはりずいぶんと受け入れがたい。ブエルの死のすぐ後に、彼の母はオレゴンの娘の家族と一緒にパーティをして過ごそうとしており、彼女を取り囲んでいるものから真実を垣間見て、それを他人にも見えるようにすることをいとわない女性というわけでもないのだが、彼女の手紙のどれにおいても透けて見えるものは何もないらしい。いずれにせよ、息子の自殺を引き起こしたかもわからない原因に近づきながら悲しみと孤独から逃れようとしていたと考えるのは難しい。何かがあったとして、いかなる身振りにも、いかなる言葉にも何もあらわれなかったということはあり得ない。

自殺の前の数時間のうちにクエインが書いた手紙のうち一通は義兄に宛てられていたらしいということは謎のままである。民族学者は母と姉には書かなかった。家族の男たちにだけだった。もはやこれ以上彼女たちを強く求めることができないということならば、母と姉の世話をするようにと父と義兄に頼む手紙であったということもあり得る。しかし、姉との曖昧な関係という考えは、想像ではあるけれども、その真実を決して知ることのできない亡霊のように、私の頭から離れなかった。

一九三九年の九月十三日、ブエルの姉、マリオン・クエイン・カイザーは、シカゴから、ルース・ベネディクトに宛て実に奇妙な手紙を書いている。「私の母があなたとお手紙のやりとりをされているので、あなたに手紙を書く必要があるとは感じませんでした。ですが、今日、母宛に届いた手紙で、もし私にできるのであれば、ブエルの遺言についての問題を明確にする必要があると確信いたしました。まず、私の父は、シアトルからあなたに手紙を書いたわけですが、この冬に理不尽なやり方で母と離婚したとき、多かれ少なかれ家族から離れることを喜ばしく思ったのです。彼はブエルの仕事や目標には全く関心がありませんでした。その悲劇が私たちと同じように彼の元に届いていないのではないかと不安です。しかしながら、ブエルが彼の投資があなたに改めて手渡されることを望んでいたのだという事実は私の父を不安にさせました。というのも、彼はいつもお金についてはずいぶんと気にしていたからです」。

またしても、クエインの死後、問題は金銭になったのだった。同様の環境と機会にエロイーザ氏に書いた手紙で彼女に警告したように（「私は伝染するかもしれない熱にかかっています。この手紙を消毒してください」）、やはり読む前に安全のために消毒するように頼んでいる、死ぬときに、ルース・ベネディクトに残した手紙において、民族学者はこう言っていた。「私は死にます。あなたにかなりご心配をおかけした後にブラジルでの研究でたいした収穫もなく失敗してしまったことを許してください。ですが、良いことにおとずれる悪いこともあると私は確信しています。多くの研究がまだブラジルで行なわれるでしょう——個人的にあなたへご幸運と私のもっている限りの愛情が届くことを願っております。あなたにお願いする必要のあることは（それゆえに、お許しください）私がブラジルで無駄にしてしまい、あなたのものであった四千レイスを除いて、私のお金は、金銭的に大変苦労しており、それを必要としている私の姉と姪に渡して欲しいということです。あなたは私が死んだ後、この手紙を受け取ることでしょう。幸いなことといえば、インディオたちが救われたことです」。

何から救われたというのか？　あるいは誰から？

民族学者が残したもののほとんどはある保険会社から戻って来た。ベネディクトへ書いた手紙で、マリオンは弟との手紙のやりとりにおける何かが彼を自殺へとむかわせたという考えに苛立ちを露わにしていた。「私がお金を必要としていると突然考えるに至ったことについてですが、ブエルに何が起こったのか私には理解できません。彼が受け取り、彼を豹変させてしまった手紙に関する報告が誤りであることをただ望みます。ですが、彼があなたに送ったメモではもし死んでしまえば彼が皆に対してもっと役に立てると思わせた原因は私であったと理解できます。私が書いてしまったかもしれない何か愚かなことが全てを引き起こしたと考えるだけで具合が悪くなってしまいます。私たちのうちの誰ももはや事実を知ることはないのだという事実のせいで、私たちがそうした事実を捨てるのはかえって難しいことになっています。私はお金に困ってはいませんし、はっきり言って、いかなる基金もなにがなんでも必要としているわけではありません。そして、ブエルもそのことをよくわかっていました」。

マリオンはルース・ベネディクトにその金を手に入れ、弟が望んだように、人類学の研究にそれを使うように勧めた。「少なくとも、ブエルの研究は発表され、おそらく彼の資金でその他の研究がなされるでしょう」。手紙には弟の投資の受益者としての権利の一切をルース・ベネディクトへ譲渡すると明記された文書を添えた。「私の父は何か儲けられそうなことがあるような状況では見事に苦しみをでっち上げることができます。お願いですから、彼やその他のどんな人にも法律のむきを変えるようなことはさせないでください」。

四輪駆動のジープに乗って、朝方、私たちはカロリーナを出た。人類学者が前にいき（運転していたのは彼だった）、混血（カフーソ）のクラホー族の男と彼の白人の妻に並んで、三人はカバー付きの座席のなかで、陽の光と埃から守られていた。一方、外の荷台には、私、人類学者の息子、十名のインディオの一団がおり、リュックサック、トランク、食料品、陽にさらされた肉の切り身が入ったビニール袋とその他の数台の古い車に囲まれていた。地平線に目をじっとむけたまま、私は黙って立っていた。私が持って来たあまり正確ではなく詳細が記されていない地図に従えば、私たちのむかう何キロか先のどこかに、高原の真っ只なかに忘れられ、太陽と風と雨はずいぶん前にそこからブリチの乾いた木片を払い去ってしまったに違いない、ブエル・クエインの墓があったからだ。

草原(セハード)を五時間旅し、いくつかの川と砂地を私たちは横断した。ある時点で、陸の道がヴェルメーリョ川と並走し始めたが、最終的には腰まで水につかり、トランクを頭にのせながら、歩いて渡ることが必要になる。しかし、その時点でもう私たちはノヴァ村からは五百メートルのところにいたのであった。川岸では村が総出で私たちを待っていてくれた。車の音を聞いていたのだ。インディオたちは全てを聞き取る。ヴェルメーリョ川は緑色である。一人また一人と、病気になって倒れ始める日まで、インディオたちはあの水を飲み、魚を取り、そこで水浴びするのを習慣とし、説明もなしに死んでいった。何人かは街にたどり着き、医師たちの困惑と無理解を前に、病院で息を引き取った。ヴェルメーリョ川の水を使うのを止めようと決め、村の反対側から流れる水路で水浴びしたり、水を飲んだりし、遠くの池で魚を取るようになったときだった。時間が経ち、ヴェルメーリョ川が有毒物質で汚染されたことが原因と解明された。ヘクルソランジアにある、川の上流に建てられたある病院はあの水に病院のゴミを廃棄していたのだ。到着してすぐ、まるで私が何か解決する力を持ってでもいるかのように、物乞いのような目で、黙ったまま私を見た後で、私に語られたことだった。

カロリーナを出る前、人類学者に私はどこに宿泊することになるのかと尋ねると、村へ到着したらインディオたち自らが決めるのだと言った。まさに私たちが川を渡ろうとする前、ジープの荷台に乗ってきていたクラホー族の一人が歩み寄り、彼の家にいればいいと言った。ジョゼ・マリア・テイノンという名前で、髭、かなり黒い皮膚、肩にかかるウェーブのかかった髪をしており、おおよそ二十世紀初頭のメキシコのゲリラ戦士といったところであった。大変生き生きとした目をした痩身の少年が一人、彼を待っていた。彼の息子だった。何らかの方法で、私へ真実に迫るあることをついに伝えようとしたのは彼だったにもかかわらず、少年の名前も年齢（十歳あたりだったに違いない）も知ることはなかった。私が気づいたとき、彼はすでに重たいリュックを持ち、それを頭にのせ、首元まで水に浸かりながら、川を渡り、その後、反対岸の上に置いてきた自転車のある方まで土手を上がっていった。リュックを運ぶ痩せた華奢な少年と、成人なのに、手に何ももっていない私というひどい光景を目にし、私がやめるように言ったにもかかわらず、私にとっての主人であるその父の命令の下で、彼は動いていた。彼らにとって、それは私たちを喜ばせようとする所作だった。恥ずかしさと好奇心とを感じながら、私にはわからないことを言って、笑っているインディオの男女数十人に私たちは囲まれていた。反対岸の高いところから道のある方へ行くと、円形の広場の周りに煉瓦と藁葺き屋根の二十軒の家で形作られている村へは五百メートルほどである。模様は、光線のように、中央の広場を家に結びつけている踏み固められた土の道によって、太陽の形になっている。彼らが自ら植えた木々はわずかしかなかった。彼らはそこに八年間しかいなかった。一部がその村へ移ることを決め、残りが、選ばれた土地には同意せず、道の途中、私たちが遠くから目にしたヴェルメーリョ川の村へ合流すると、以前の村には誰もいなくなってしまった。かつての土地は肥沃ではなくなったため捨てられたのである。あそこにおける迷信はどの程度のものだったのかはわからない。その土地はもう役に立たないと言われていた。そこに埋葬されたインディオたちの数について話がなされていた。私を見ると、ジョゼ・マリアの妻、アントニア・ジャッカプレクが仏頂面をした。後で個人的な感情は何もないと言われた。怒り、不機嫌なようだった。こけた頬に薄い唇の、かなり痩せた女性だった。私の訪問は家での作業をやり直して、私に寝室の一つを空けなければならないことを意味していた。私が入ると、部屋の真んなかに糸に吊るされていた干し魚のひどい臭いを感じた。全てに染みつく臭いだった。そして、私がそれに慣れることはなく、二日目にはもう、遠くからでももはや耐えられなくなっていた。

九人が家で眠っていた。乾季、彼らにとっての夏だったので、夫婦は脇にある庇の下の木製の寝床に寝ていた。子供たちはやはり腐った臭いのする干し魚が吊るされていた部屋のなかのハンモックにいた。二つの寝室が余っていた。そのうちの一つには、姉にあたる二人の娘がおり、膝下に自分の子供がいた。仮にいたのだとして、夫がどこにいるのか、はっきりとはわからなかった。私は別の寝室で自分のハンモックを揺らした。地面は踏み固められた土だった。夜はというと子供たちの親密さを示す音、唸り声、おなら、泣き声のお祭り騒ぎだった。部屋では、子供たちが悪夢で身体をじたばたさせていた。最後の夜、私が到着したときには旅行中だった、夫婦の他の娘とその婿が、私の寝室の隣で、身を寄せ合い、姉妹二人と膝下の子供たちと一緒になった。そして、子供たちの泣き声にセックスの喘ぎ声が合わさった。

私たちが到着した夕暮れどきに、落ち着くとすぐに、別の家に泊まることになった人類学者とその息子を探しに出かけた。短パンにビーチサンダル（ローマにおけるローマ人たちのようだ）という格好で、身体にはウルクン〔先住民が赤い染料として用いる植物〕を塗って、呪術医(パジェ)である、アフォンソ・クポンの家の前に彼らが座しているのを見つけた。その呪術医は大柄な人物で、無邪気な顔で、いつも微笑み、たいていは何も言わなかったが、翌日には、酔っ払い、歌いながら私をつかまえ、帰る前に五十レアルを渡すように私に約束させた。一日が経つと、幸運なことに、彼はもう何も覚えていなかった。妻のカジャリは、踏み固められた地面に敷かれたござで横になっていた。あたかも浜辺で友達と会話しているかのようであった。息子であるレウジッポ・ペンプシャとネーノ・マァンイは、屈強な二十代くらいの二人の男であったが、ときどき近寄って来る、疥癬があり、げっそりと痩せた犬を足蹴にしながら、黙って会話を聞いていた。犬を足蹴にすることは、最も愛情ある年齢から老年期まであらゆる人によって繰り返し行われる、村の日常生活のなかでも最も際立った習慣の一つだ。クラホー族は犬が人間の最高の友達ではなく、大地の表面にあらわれたなかでも最も愚かな動物の一つであるということの生きた証明なのである。犬を狩りに使っている主人にどれほどいじめられても、犬たちは去ろうとしない。蹴られたり、石を投げつけられたりされると——誰かのすぐ近くに寄って来るときにはいつも起こることだが——唸りながら離れていくが、すぐに食べ物の残りを恵んでもらおうと戻って来る。ネーノはかなり霧が深いときにトラックにひかれてしまい、整形用のコルセットの代わりにプラスチックの添え木を使っていた。呪術医の長女は隣街の精神病院に入院していた。狂ってしまったのだ。足から頭まで塗りつくされた人類学者と彼の息子を見るとおかしいと思った。彼らのことを笑ったが、私の笑いは長くは続かなかった。人々が反応したときの当惑の様子を覚えると、私は笑うのをやめた。実際のところ、私の無邪気さに彼らは驚いていたのだった。彼らは私を哀れんだ。何も語りはしなかった。私を驚かせたくなかったのだ。それは始まりにすぎなかった。次の日は私の番になるらしかった。

夜の七時、自転車の少年が夕食へ私を呼びにやって来た。誘われた各人が泊まっている家で食べたが、それが意味していたのは、私の絶望したところでは、人類学者と彼の息子とは離れ離れになって夕食をとるということだった。村での最初の夕食（私が家のなかにぶら下がっているのを見た干し魚の身とスープがかけられた米の料理）は予兆だった。家の奥、つまり、あの池の底の淡水魚の亜種を干したものを火にかけ直していた焚き火の周りにある一種の庭で、妻、ジョゼ・マリア、夫婦の孫を抱きかかえている二人の娘、自転車の少年と私が席についているあいだ、アントニアは初めて私に言葉を発した。私に米と魚でいっぱいにした瑪瑙の皿を渡し、みすぼらしい村を見つけなかったかと尋ねてきた。彼女はそこで生活することを不幸に思っており、以前の村の方がよく、サンパウロへ行きたいと思っていた。私はろくに話を聞かず、魚の腐った肉、実際には私がどうにか飲み込んだ小骨やえらの混ざったものを食べようとしていた。おいしいと伝え、私を家に招いてくれた人たちの前でもどさないように神に頼んだが、すぐ翌日には具合が悪くなっていた。村はきれいだったと私は答えた。サンパウロについては話さず、あんなに醜悪で暴力的なところで何をしたいのかと彼女に尋ねた。そして、私はできるだけ食べはしたが、多くはなかったので家の人たちはすぐに不安を覚えてしまった。そこで食事という十字架の道(ウイア・クルキス)が始まったのであった。あらゆる食事に同じ食べ物があり、次の日の朝食では、またしても一度だけしか魚を飲み込むことができなかった。私が米しか食べないので、心配になったジョゼ・マリアはとうとう人類学者を探しに行き、干し魚以外のもの、例えば、人類学者によれば私の好きな野菜を出すようにと教えられた。次の夕食では、私の目の前にさつまいもの入った皿が置かれた。白状すると一瞬のあいだ私は満足し、安堵するに至った。私は一つ目のいもを剥き始め(私の皿には五つあった)、家の人たちの願うような視線のもと、一口食べてみた。私の口は土でいっぱいになった。そのときになってようやく、いもは切り分けられていて、掘り出されたまま同然で調理され、チョコレートの層があるケーキのように、今や食べる部分の柔らかくなった塊に土が入り込んでしまった状態であると気づいたのだった。私はいもと土を食べ、こう言った。「うーん、おいしい!」と。しかし、皿に残ったほとんど全部を森に私が捨て始めようと背をむけるのには、それで十分だった。犬たちにとってはうれしいことだったが、私が残したものに家の人たちは苛立ち、私を非難するに至った。「おいしくありませんでしたか?」、アントニアは尋ねた。「とてもおいしかったですよ。でもお腹がすいていないんです。たくさん食べるのには慣れていないもので。痩せなくちゃいけないですし」と、私は答え、まだ皮がついていて、手をつけないままで残っているいもが二つのっている皿を返した。ジョゼ・マリアは一瞬でそれをがつがつと食べてしまった。

私はそういった不測の事態に備えシリアルバーを持っていき、リュックサックの奥に隠していた。私が到着し、ジョゼ・マリアと自転車の少年が、何を持ってきて、何をリュックサックから取り出すのかを見ようと周りに集まって来るとすぐ、あわてて私が帰るときにはそこに入っているものを全部プレゼントするからと伝えた。いかなる混乱も避けたかったのである。しかし、バーは隠した。十本しかなかったのである。初日の夜中に、ハンモックから片足ずつで起き上がり、リュックサックを開け、バーを一本取り出した。夜は実に騒がしかったが、私が包みを破くと、あたかも、絶対的な静けさが村へと下りてきて、あの包みの不快な破裂音のせいで、ただ私だけに耳がむけられているかのようであった。一口食べると、私の噛む音はまるで止むことのない雷のようだった。バー全部を口に突っ込み、ときどきあちこちで噛みながら、溶けてしまうことを期待した。翌日、朝食をとるために家の人々の輪に加わると、よく眠れたか、ハンモックは変に感じなかったかどうか尋ねられた。祝福を施された魚を私に差し出しながら、アントニアは、私が寒くなって夜中に起きたのだと思い、心配になったが、私が食事のために起きて来たのを見てほっとしたと言った。私にはもう選択肢はなかった。私は家の奥へ行き、残っていた九本のシリアルバーを取り出して、朝食にと持って来た。食べているあいだ、「チョコレート」と繰り返しながら、彼らは五分たらずで全部がつがつと食べてしまった。

朝十時から午後二時のあいだ、外にいることは不可能だった。ほぼ影はなかった。私は干し魚のついた竿の下、部屋に身を落ち着け、本を読むことに決めた。しかし、私の安息は少しも続かなかった。まず、呪術医の末っ子である、前日に会ったプラスチックの添え木の若者のネーノ・マァンイがあらわれたのだ。そのときには添え木はしていなかった。彼は車にはねられたときの話をしに来たのだった。トラックの運転手を訴えるために弁護士が必要なのだと言った。あたかもすべてが前日に起こったかのように、彼ははねられ、道に置き去りにされたのだと語った。トラック運転手は逃げたが、彼は誰なのか知っていた。私はそれより前に村へは完全にたどり着いてはいなかった。私はその話に怒りを覚え、彼に手を貸した。ネーノはもう二度と働くことはできないだろうと言った。彼は賠償金を求めていた。もっと後になって、私が人類学者に再びその話をすると、彼は私に全くそんなことはなかったと話してくれたが、そのとき、到着したばかりであるがゆえに、私もまた赤子同然で、誰ももはや信じはしない話の格好の的だったのだと理解した。インディオが私に何を求めているのか正確にはわからないまま、何時間も私は長話を聞き続けるという有様だった。彼が出ていかないので、再び本を読み始めることにして一時間が経ち、数分が経った後、私が黙って微動だにしないのを目にし、彼は立ち上がり、出て行った。静けさはまさに数分たりとも続かなかった。というのも、そこで兄のレウジッポ・ペンプシャが入ってきたからだ。人影のように、彼は入り口の逆光のなか入って来た。彼の顔はタンタンの冒険に出てくる悪い顔をした南アメリカのインディオを思い出させた。鉤鼻、くぼんだ両目の上にせり出した額、肩にまで垂れた黒く滑らかな髪のあいだに隠れている頬。あの人々が何を求めていたのかを理解するのは難しかった。レウジッポは私に村へ何をしに来たのか尋ねた。声の調子は友好的と思う方がいいと考え、私の無邪気な恩情主義で、彼に小説が何であるのかを説明し始めた。彼は興味を示さなかった。彼は私が村へ何をしに来たのかを知りたがった。年長者たちは不安を覚えており、なぜ私が過去を掘り返しにやってきたのかを知りたがっていた。そして、年長者たちが不安を覚えているのを彼は嫌がっていたのである。私は心配するようなことはないと彼を納得させようとした。私が知りたかったことはすでにわかっていることだった。すると、彼は私にこう質問した。「それじゃあ、もしもう知っているんだったら、なぜ知りたいと思う?」と。私は彼に本を一冊書こうとしているのだということ、さらにもう一度、小説とは何なのか、フィクションというのが何なのか(そして手に持っていたものを見せた)、すべてはお話にすぎず、現実には何の影響もないだろうと説明した。彼は疑いの目をむけたままだった。わからないというのを装っていたが、実際にはただ私と親密になりたいだけだった。私は苛立ちと恐怖のあいだにはさまれた。そのインディオを遠くにおっぱらいたい気持ちだったが、村に対して不快感を示すことはできなかった。何か発見できるものがある(そして、私と親密になろうとしているレウジッポが私の幻想にさらに薪をくべた)のだとすれば、外面をよくしておく必要があった。彼がまさに知りたがっていたのは私が村にいる理由だった。カロリーナでのチンビラ族の会合でのように、実際のところ、彼は何か知っていたのか、何もしらなかったのか、私と同様に好奇心が強かったのかどうか結論づけることはできなかった。レウジッポは顔の前で手を振らなかった。笑わなかったし、いかなる共感の身振りも表情も見せなかった。動じることなく断固としたまなざしをしていた。彼はこう繰り返した。「年長者たちは不安を覚えています」。彼の訪問の動機は私を囲い込むことだった。彼はきっと何かを聞きつけて、私に満足させてもらおうと動くことに決めたんだな」と。私の小説についての説明は役に立たなかった。神々のことを信じない白人たちには、フィクションは神話として役立ち、インディオたちの神話と同じようなものだと言おうとしたが、話を切るまさに直前に、馬鹿は彼なのか私なのかもうわからなかった。彼は次のことを言っただけだった。「あなたは過去について何を求めているのですか？」と。彼は繰り返した。そして、彼の牛のような執拗さを前にして、私は彼の質問に答えることができないということを認めざるを得なかった。フィクションが何なのか（実際のところ、彼は興味がなかったが）を理解させることもできなかったし、私の過去への関心も現実に影響をもたらさず、最終的にすべて作り物になるのだと納得させることもできなかった。十八歳ぐらいで、私に塗りつけるため、手にウルクンのついたボールを持ってあらわれた、ジョゼ・マリアの長女に私は助けられた。別の折であれば、私は首を斬られようとしている豚であるかのように抵抗しただろう。しかし、状況のおかげもあって私の不満は大いに軽減した。意には反したが、私はシャツを脱ぐことに同意した。もしレウジッポから解放されるのなら、どんなことにでも、頭からつま先まで塗られることにですら、従う覚悟ができていた。そして、実際、彼を無視し、彼が一匹の動物にすぎないかのごとく、背をむけた少女が入って来ると、私の異端審問官は即座に（招かれたわけでもないのに）私の隣に座っていたベンチから立ち上がり、脂ぎって赤く染まった手で娘が私の身体中に広げていった絵を褒めにジョゼ・マリアが入って来たときには、邪魔が入ったことに当惑してその場を離れた。彼らは全身真っ赤の私を見て、とてつもなくおかしがった。私が触れるものもすべて赤くなってしまった。読んでいた本、バーミューダショーツ、リュックサック、帽子。ウルクンの跡。しかし、それは翌日に使われることになるジェニパッポ〔先住民が黒い染料として用いる植物の実〕の染料に比べればなんでもなかった。

それからは、レウジッポと弟を避けるように努めた。そのどちらか一人とでも一緒にいなければならないのを私は避け続けた。そして、早朝に身体を洗いに出るときは、彼らが突然あらわれないようにと祈っていた。彼らは二度と私につきまとうことはなかった。インディオたちの大部分は私とは話さなかった。私を無視するか、あるいは遠くから観察していた。不信感を抱いていたかもしれないし、あるいは単に私がいることに何の関心もなかったのかもしれない。近寄って来ることがあれば、それは何かをもらうためか、酔っ払っているためだった。ただ子供たちだけが私のことを笑い、さらには女性たちもそうだった。子供たちと女性たちはより生き生きとしていた。私には理解できないことをお互いに話し、楽しんでいた。彼らは私を白人と呼んでいた。「クペン、クペン」。彼らは私をからかっていた。少しずつ、私を招いた家の妻を除いて、村の女性たちは、彼女たちを物事の決定の隅に追いやったままにしている男性たちよりも、はるかに快活で、機嫌が良く、頭がいいということがわかってきた。彼女たちがずっと笑い、冗談を言っていると、一方で男たちは黙って、理解せず、あるいは面白いとも思わず、自ら冗談も言えずに、あのような快活さを羨みつつ、彼女たちを眺めていた。彼らがいつ酔っ払っているのかを私が知ることはなかった。実際、そこのほとんど全ての人に血のつながりがあった。少しずつ、ノヴァ村は、ほとんど皆が兄弟と姉妹、おじと甥であるただ一つの家族であり、象徴的、分類上の血縁関係は、もし近親相姦ではなく、少なくともかなり堕落したものであれば、多くの場合、ただ関係をごまかしているだけだということはわかってきた。部族の構成員のあいだの血のつながりも象徴的な血縁関係も私には理解することができなかった。それは非常に複雑なもので、私の目的は人類学的なものではなかった。クエイン自身、そうした関係を理解するのには苦労していた。私は何も理解できなかった。次のステップがどれなのかもわからなかった。用意されていくものを眺めていたが、どうなるのか、あの儀式において私に用意された役割についても見当がつかず、それはただ期待と恐怖を増幅させるばかりだった。人類学者は息子のお祝いのパーティのために豚を一匹購入していた。インディオたちはパパルートという豚の脂や肉片を詰めたマンジョッカ〔キャッサバ、マニョックのこと〕のケーキの一種を用意していた。午後に、木の枝を組んだものの上の、地面のあたりにバナナの葉を広げ、前日から作ってきていたマンジョッカの塊でそれを覆い、その上には豚の肉や脂を広げていくという女性たちの仕事を眺めながら、何かしらの存在、私の背後の影、空気の微かな揺らぎ、私の首もとに息を感じた。私が振り返ると、村の家父長でジョアン・カヌートの分類上の兄である、ヴィセンチ・インチシュアチシ老人の亡霊めいた姿が、あたかも朝方にレウジッポが私に迫ってきたのと同じ読めない脅迫めいたまなざしでもって私のにおいを嗅ごうとするかのように、私の顔にその顔をほとんどもたれかけんばかりだった。私は一度驚いたが、普段は持っていないはずの内なる自制心と霊的なものの発現によって、問いただそうとする表情に応じるのに遅れは全く取らなかった。私は、白髪が混じり、ほどけた髪の、皺のある老人の方を見て、あたかもそこになどいないかのように、彼に何が欲しいのかと尋ねた。彼は黙ったまま私を見続け、何も言わずに離れていった。ヴィセンチは、ブエル・クエインがクラホー族に混じり生活したときには青年であったが、彼に会うことはなかった。その時期、彼は村にいなかった。行ったり来たりしながら、白人たちに混じって多くの時間を過ごし、年老いてようやく完全にクラホー族のもとに戻ったのだった。一九四〇年の虐殺のあいだは村におり、なんとか逃げのびた。何らかの形で、単に楽しもうとしただけだったが、皆が私と仲良くなろうとした。そして、そのことは唯々私の恐怖と私からは実際のところ隠されていたらしいあることについての不信感を増大させたのだった。

人類学者の息子が女たちに身支度を整えられている一方で、あの晩、密かに、パパルートが焼かれ始めた。夕暮れどきには、彼の髪はクラホー族風に切られ、頭の両側面に二本の平行線が引かれて、額は軽くおかっぱになっていた。彼の身体にはジェニパッポが塗られ、胴、脚、腕には樹脂が広げられ、次には灰色と白の羽根で覆われた。同時に、男たちはかまどに使うために地面に穴を掘っていた。夜の八時頃に、マンジョッカの塊の上に豚の肉の切り身と脂を放り込んだ後、女たちはバナナの葉でパパルートに蓋をし、男たちはそれを穴まで運び、部族全員、すっかり飾りつけられた人類学者の息子、彼を写真に撮っている父親、そして私の視線のもと、焼けた石と土とで覆った。全身羽根だらけで黒く塗られた青年の姿を見て、私は初めてより客観的な情報で、私の番も来るのかもしれないと理解した。午後には、女たちがすでに私にジェニパッポを塗ろうとしていた。そして、私は、ウルクンで十分だと弁解しながら、それを拒んだ。彼女たちは互いに笑い合い、私には理解できないことを言った。膨れ上がる不安とは裏腹に、夜は私が目にしたなかでも最も美しいものの一つであった。満月は銀の光のシャワーで村を輝かせていた。誰一人としてランプや蝋燭を必要とはしなかった。広場の中央には焚き火があり、その周りで男たちは遅くまで喋り、一方では、祭のため、特別に他の村から呼ばれていた、年配のクラホー族の歌い手が歌声を響かせ、地べたに座っている夫、両親、兄弟の無関心な視線のもとで、女たちが合唱した。少しして、儀式が夜間まで進行していくに従い、インディオたちは家へと退いていき、歌い手以外には村の中央にもはや誰もいなくなった。パパルートが日の出の前に掘り出されることは知っていたので、十一時頃に私は寝に行った。たびたび中央の広場に戻ってはその歌声を響かせていたクラホー族の老人の歌を子守唄に私は眠った。あの儀式にはすばらしく魅力に満ちたものがあった。朝の三時頃、再び年配の歌い手の声を聞き、私は起き上がり、見に行くことにした。そして、人生でも最も豪華な見世物の一つに出くわしたのだった。老人は動かずに眠っている村の中央で、一人歌っていた。数分後に、一人の女が家の入り口から顔を出し、遠くの人影は、広場に収斂している道のうちの一つを通って、黙ったままやって来た。それは、寒さから身を守るためいくつかの布に包まって、ゆっくりと近づいて来る、孤独な姿であった。村の中央の広場にやって来ると、彼女は歌い手の前に立ち、あたかもデュオであるかのように、彼と合唱を始めていった。さらに数分後、他の女が別の家の入り口からあらわれ、村の中央へ彼女をいざなう誰もいない道を進んだ。全ての家から、数分おきに、女が一人、また一人と歌い手の老人の方へやってきて、歌に惹きつけられて、彼と合唱しようと、その人の前に並んだ。村の中央で、彼の指導と満月の下に女たちの合唱団ができあがるまで、彼は女たち一人一人に呼びかけていた。彼女たちがやってきて、合唱団のなかに位置を定めるにつれて、声は大きくなっていき、他の家を侵食していった。そんな大勢のなかで、彼女たちのうちの一人として、赤子を乳母車にのせた男が目立っていた。そして、先に彼の妻が通ったのと同じ道で、村の中央までやってきて、すでに胸を布の外に出していた母の前で立ち止まり、彼女に子供をあずけた。その後、彼は無人の乳母車をおして家に戻った。クラホー族は特別な敬意をもって子供を扱う。叱るときでさえも、まるでおふざけにすぎないかのように。

朝の五時には、パパルートが掘り出され始めた。私はハンモックに戻っていて、家のなかの動きで目を覚ました。全ての家から、大人と子供が、パパルートが分けられる村の中央へむかって出て来た。各家庭がそれぞれの分け前をもらい、家でそれを食べに戻ることになっていた。まだ村の中央で、パパルートを切り分けたものが配られているなか、歌い手の老人が私にそれを渡してくれた。豚の脂は夜の間に溶けて、マンジョッカの層に染み込み、今やそれは脂ぎった塊となって、その上に豚肉の切り身が置かれている状態だった。私は、たまに豚の小さな皮があらわれ、きらめくケーキを、指の間から脂を滴らせながら、口にして、こう言った。「うーん！」と。そして切り分けたものを返してしまった。歌い手は笑い、もっと食べるようにと促しながら、私に気に入らなかったのかと尋ねた。私は自分のを全部食べたが、それはからっぽの胃のなかへ石のように飲み下された。それが私の具合が悪くなり始めたときだった。村へ到着してからというものほとんど何も食べておらず、今度はあの朝食の脂の一切れときた。各人が自分の分け前を持って、自分の家に戻った。陽はすでに昇り、暑くなりだした。広場には、バナナの葉のうえの土と混ざった脂を舐め、なんでもいいから残りものを探し求める、疥癬を患った犬たちだけが残った。私を招いてくれた家族はパパルートを楽しもうと家の後ろに集まった。彼らは私を呼んだが、もうこれ以上食べられないと言って、ハンモックで横になった。気持ち悪くて、起き上がるだけで何もかもがぐるぐると回り始めるといった状態だった。人類学者の息子への儀式が終わったら、次は私だということがわかると、体調は深刻なものとなった。午後になって私をジェニパッポで塗ろうと女たちが取り囲んできたとき、私に抵抗する術はなかった。ジェニパッポの染料は実の欠片が入った透明な液体だが、ひとたび皮膚につけると、黒く染まる。ジェニパッポが熟れるほど、塗ったときに暗い色になるという。ウルクンとは反対に、ジェニパッポは衣服に染みをつけることはない。私にそのとき言われなかったが、私が結論しなければならなかったことは、衣服に染みをつけないとすれば、皮膚から出て行くことがないということでもあった。何で擦っても無駄だった。ジェニパッポは一カ月間、皮膚に残る。染料は透明なので、私の全身に描かれている絵については検討もつかなかった。描き終わると、染料が乾くまで、身体を掻きたくなったり蚊を追い払いたくなったりした場合にと、竹の棒きれを渡された。特に、指を黒くしないように、染料がまだ乾いていないあいだ、最初の十二時間は手で身体に触れてはいけなかったのだ。翌日起きると、私の全身は黒い絵で覆われていた。身体中に、長い、幾何学的な、ジグザクの線があった。私は思いもしなかったが、ジェニパッポに身をゆだねるということはインディオたちへの敬意や友情の最初の身振りを示すようなものだった。彼らが私を呼びに来たのは、まだ朝の八時だった。私の運命を決めるための会合であると私が理解したのは広場にやってきてようやくのことだった。男たちだけがそこにいた。彼らは自分たちの言語で何かを話し合っていた。何か通訳してもらおうと、私は人類学者と彼の息子の近くにいようとしたが、突然、理解する間もなく、二つのサッカーチームのように、二つのグループが形作られ、人類学者と彼の息子は広場でそれぞれの方に引き離されてしまった。私の意に反して私の運命は形作られていった。私は中央で一人になってしまった。気づいたときには私が勝負の標的となっていた。一方には夏あるいは乾期の一族（ワクメイエ）がおり、そこには人類学者が加わっていた。もう一方には、冬あるいは雨季の一族（カタミイエ）がおり、そこにはジョゼ・マリアと人類学者の息子が加わっていた。二つのグループは、二つの政党のように、権力と村の統治の座を交替し合っていた。老いた歌い手が私に近づいてきて、今度は私がどちらの氏族の方に入りたいか選ばねばならないと告げた。両側からインディオたちは私には理解できないがもし彼らのチームを選ばなければ、私を殺し、生きたまま皮を剥ぎ、全ての毛をむしりとってやるということを意味していると思われることを叫んでいた。彼らは叫び、笑っていた。ジョゼ・マリアは私が彼の家にいたのであり、彼の傍にいなければならないのだと叫んでいた。私はどうしていいのかわからなかった。人類学者も村に私をつれて来たのであり、私は彼の側にいなければならないのだと叫んでいて、私がびくびくしながらも最終的に選んだのはそっちの方だった。私は夏の方が好きなのが常で、雨は好きではないと、家へ戻る途中で、ジョゼ・マリアに説明しようとした。しかし、彼の失望を和らげるにはどんなことをしても不十分だった。「これからは、あなたとはもう話さない。あなたは私を裏切った。あなたは選んだくせに、今度は背をむけるわけだ」と、彼は応じた。私は彼らのあいだでの大騒ぎの標的にすぎなかったのだと自らを納得させようとしたが、どうにもならなかった。昼下がりに、二つのグループは競争のための丸太を探しに森へと出かけた。私がしたかったことはといえば、いかなることにも参加しないことだった。丸太競争はクラホー族の最も伝統的な儀式の一つである。それは、五十キロほどはあるに違いないブリチの丸太を肩に担いでのリレー方式の競争だ。私はほとんど地面から持ち上げることができなかった。それぞれのグループが丸太を一つ担いだ。インディオたちは、村の外から、森のなかへと裸足で、丸太を肩に担ぎながら、駆けていった。最初に広場の中央に着いたグループが競争に勝利する。すでに村のなかにいて、最後の勝負だけを見た、その競争の後、小川で水浴びしようと決め、私を招いてくれた家族たちに止められたまさにそのとき、私の恐怖は膨れ上がった。「いけません！　そんなことをしては！　今日、あなたは広場で水浴びするのですから」と。何が私を待ち受けているのかをはっきりさせるため、私は人類学者を探して駆け回った。しかし、彼は話を逸らしてしまい、「楽しい」祭りだと、わかるだろうと言った。恐怖を覚え、家へと戻り、ジョゼ・マリアの息子である自転車の少年がこっそりと私の方に近づいてきて、ただやっとこう言うだけだったとき、全てはただ悪化の一途をたどったのだった。「彼らはあなたに嘘をついています」。息子が私と密かなやり取りをしている場面を不審に思った父親が近づいて来るのに感づくと、すぐペダルをこいで、姿を消すために、私に明らかにしていたことは半分のところで止めなければならなかった。その一節は私の頭に響き続けた。私がたどり着いた何らかの真実に最も近いものだった。彼が私へあの晩に用意されていたことに関して話していたのか、それとも過去とクエインの死について私から隠されていることに関して話していたのかは、わからなかった。いずれの場合にしても、最悪であった。今度は、ひどい頭痛がした。私の頭はあたかも爆発しようとしているかのように脈打っていた。あの一節が何を意味していたのかはっきりさせてもらうために、再び自転車の少年と二人きりになる方法はなかった。夜になったばかりの頃、ジョゼ・マリアが村の中央へ私を呼びに来たとき、私は熱っぽく、ハンモックで横になっていた。私は、ふらつき、恐怖を覚えながら、何が待ち受けているのか正確に、ああいう水浴びが何を意味しているのか正確に知ることなく、意に反して広場へとむかった。念のために、私は半ズボンの下に水泳用のパンツをはいた。すでにかなり寒く、私は服を濡らしたくなかった。広場の焚き火の周りに男たちの集まっているのが見えた。私を除いて、全員がこれから何が起きるのか知っているという印象だった。ヴィセンチ老人は私に横に座るようにと声をかけ、実際には会ったことのないクエインについて自らすすんで語り始めた。私が知らないようなことは何も言わなかった。彼が私に語ったことはもはや興味を惹きはしなかった。私は彼の話はろくに聞かず、震え、弱ってしまっていたが、空腹のせいだったのか、恐怖のせいだったのかはわからない。ついに、人類学者が姿をあらわし、そのとき、きっとそんなによい身なりをしていなかった私は、彼に、とにかく一度でいいから、そこで何が起こるのか教えて欲しいと懇願した。「あなたは今朝、選択しました。今度はその一族、交わることはないでしょうがその女性たちに紹介されることになるんですよ」と、彼は言った。私は誰にも紹介されたくなかった。水がいっぱいになったバケツや瓶をもった女たちがあらわれると、もう失神寸前だった。焚き火の周りには手をつないで踊る男たちの輪ができ、老いた歌い手に指示されながら、彼らは歌っていた。人類学者の傍で、私は守ってもらおうとしていた。突然、老いた歌い手は男たちの輪へ私を引っ張った。私は抵抗し、熱があるので、あんなに冷たいのでは水浴びなんてできないと言った。彼は笑って、水浴びすれば熱は下がると言ってきた。私にはもはや抵抗する手段がなかった。ただ、先に、半ズボン、シャツ、サンダルを脱がせてほしいと頼むしかなかった。男たちの輪を囲んで、バケツや瓶をもっていた女たちが外側から近寄って来るには、私がパンツ姿で輪に入っていくだけで十分だった。私たちは手をつなぎながら焚き火の周りで踊った。インディオたちは歌っていた。私は最悪の事態を待ち受けていた。突然、輪が止まり、歌も止んだ。水の入ったバケツと瓶を手に持った数名の女たちが近づいてきて、数名の男たちを選び、輪の中央、火の近くへつれていった。そこで彼らは、敬礼のように、頭を下げ、彼女たちはたいそう笑いながら、バケツと瓶を彼らにむけて空にした。そのとき、その理由はわからないままだったが、私は儀式を理解した。女たちは、性的な関係を結ぶことのできない、象徴的な分類上の血縁によって結ばれている男たちに水を浴びせていたのである。水浴は近親相姦の禁止を説明し範囲を定める儀式なのだった。最初に水を浴びせられた男たちの一団は輪に戻り、女たちは輪の外にいる他の女たちと一緒になり、私たちはまた踊り、歌い始めた。新しい一団がやって来ると、女たちのうちの一人が私を火の近くに引っ張っていき、一方では、他の女たちは他の男たちを引っ張っていったが、彼女は私の頭にバケツの水を浴びせた。熱はなくなり、頭痛もおさまった。それだけであれば、最高だった。火に近いので、寒さも和らぎ、乾きやすくなっていた。私はさらに二度水を浴び、輪は解かれた。私は安堵し、そこで全部が終わったのだと思ったが、歌い手が再び火の方へ私を引っ張っていくときには、家に戻るつもりだった。もう一つの儀式が始まろうとしていた。恐怖が戻ってきて、それに加えて、ある局面において、私が気を抜いて、あまり期待をしないことがあれば、全ての者が私の上で飛び跳ねるのではないかという空想。火の周りには新たな輪郭があった。男たちは中央、焚き火のところで始まり、外側へ伸びていく、いくつかの列を作った。列はもう火にはまっすぐむかず、横にむいていた。円形の動きで、しかし、この場合、一つの列が別の列の後にきて、時計回りや反時計回りに前進していった。焚き火で彼らが光線となっている太陽の絵柄が形作られた。彼らは老いた歌い手に指揮され歌い、死ぬほど笑っていた。私は、その全ての真んなかで、近くにいるインディオたちにあの儀式で何を伝えたいのかと尋ねた。「あなた、知らないんですか?」と、彼らは答え、笑い転げた。もっと後になってようやく、それぞれの歌は自然界の動物の物語を伝えており、全てに強い性的な含みがあると説明された。歌が変わるたびに、焚き火の周りの動きはむきを変えた。あの晩、私には何も起こらなかったが、洗礼が間近に迫っていることを予見して（結局、次に私に名前を与えるためでないのだとしたら、何のために私の「家族」の女性たちに紹介されたというのだろうか？）、人類学者を探し、羽で覆われたり、クラホー族風に髪を切ったりする覚悟はできておらず、自分の身を守るために最後まで戦うつもりだと十分はっきりさせた。彼は私の反応と遊び心の欠如に驚いたに違いなかった。おそらく私の代わりに犠牲となり身を捧げたということに気づいたのは翌日に彼の身に何が起ころうとしていたか、ようやくわかった後だった。

三日目の夜は地獄となった。とても寒く、私はハンモックでの姿勢を定められなかった。ありとあらゆる動きを試してみた。日の出を迎えると、男たちの一団の歌っているのが聞こえ始めた。彼らは家に近づいて来た。私は凍りついた。近づいては、遠ざかり、その後もう一度ということを繰り返していた。彼らが私の後を追っているという確信が私にはあった。彼らは私をとらえに来たのだった。私は死んだふりをした。皆が起きてもほうっておき、眠っているふりをしたまま、ハンモックに残ったのである。ようやく私が起きようと決心したとき、儀式はすでに進行中だった。彼らは人類学者をとらえたのだった。彼は羽に覆われ、インディオたちは朝の洗礼のために小川まで彼を肩に担いで運んでいった。数年前に洗礼を施されていたので、彼が洗礼を施されるというのは奇妙なことだった。ただ彼らをがっかりさせないように、おそらく私に用意されていた役割を引き受けたのだと理解するのには時間がかかってしまった。私の反応がどうなるかを懸念し、彼は私には洗礼を施さないようにと説得したのである。小川から彼をつれて戻って来ると、村の中央で彼は男と女に囲まれた。そのとき、女たちは私の意気地のなさをからかい始めた。一番からかうのが好きな、ジェルシーラ・クリジェクウィは私の無礼にはのってこなかった。私は洗礼を受けるような気にはなれなかったのであって、村には三日間しか滞在していないが、次には彼女たちがよく理解しているであろうことを私にやってくれてかまわないと約束した。ジェルシーラは次がないことはよくわかっている、私のことを臆病者だと叫んでいた。クレウーザ・プルンクイは、私が次に村へ足を踏み入れたときには然るべき形で洗礼を施し、眉毛だけでなくまつ毛の一本一本を抜き、血を抜くことになるから、そのときを期待していいと彼女に告げた。女たちは皆で死ぬほど笑っていた。特別な慎みをもってしても、私は一人の白人を犠牲にしてあれほど楽しんだりする人などいなかったと思う。私たちが去る前、ヴィセンチ老人の妻で村の女家長であるフレンセリーナ・ウランクイは、全ての女たちの母、脆いと同時に強く、前かがみになった、せむしの女性であり、その人にはただ死を待つということだけしか残ってはおらず、私に百七歳の祖母のことを思い出させた。彼女は近づいてきて、最初は私に不信感を抱いたが、最後にはいい人だと思うようになり、インディオたちのことを忘れはしないだろうということがわかったと告げた。私には、恐怖のせいで、たった三日間のうちに彼らと馴染むことが困難であったとすれば、クラホー族のなかでたった一人、約五カ月のうちにクエインが感じたに違いないことを私は考えていた。帰り道の途中、軽トラックの奥の座席で、人類学者は、私が彼に自転車の少年のこと、その子が二日目の午後に、現行犯で捕まる前に、こっそり私に話したことを伝えると、私の不信感を消し去ろうとした。人類学者は彼らがアメリカの民族学者について明かされなければならない秘密が何かあったのだとしたら話してくれたはずだと私に請け合ってくれたが、彼は私の頭のなかでその秘密に残した容量の大きさを想像することはできなかった。実際、私でさえも想像できなかった。

七月の初めにマーガレット・ミード宛てに書き、死後にカロリーナへインディオたちによって運び込まれた遺品のなかに発見された手紙で、クエインはクラホー族と仕事をすることの難しさに不満をもらしていた。「このあたりで現地人を訓練するのは非常に難しい。彼らに私のことを認めさせる唯一の方法は怒り続けることであり、それでそんな風にすると、二十四時間、二百十人全員が私の近くで、不器用に私を満足させようとする。彼らは何かを手に入れたり、もらったりするのに努力するという考えを知らない。というのも、不機嫌になれば、習慣として多くのものを得ることができるからだ。この一カ月はある若者（私と働きたがっているようだから、明らかに変わり者だ）と言語について作業しているところだ。今日、村の他の人たちに馬鹿にされるのに耐えられないから、もう働けないと彼は私に言ってきた。子供たちですら彼を敬ってはいない」。ディニス老人は誰がその情報提供者になり得たのかは知らなかった。クエインのために歌っていたザカリアス少年のことを思い出していたが、民族学者と働き始めたときに村から蔑まれていたその男のことは覚えていなかった。

村のなかであなたを迎えるとき、インディオたちがあなたを養子にするのと同様に、彼らも都市へ行くときにはあなたが彼らを養子にするのだと期待している。それは明らかな互恵的関係だが、実のところは奇妙なもので、多くの場合、不快なものだ。対等なものから対等なものへの関係ではなく、相互での養子縁組という関係であり、そうしたことが違いの全てを生み出す。村では、あなたが彼らの子であり、都市では、彼らがあなたの子なのだ。あれほどの優しさと自由さで子供たちを育てる人を私は見たことがなかった。サンパウロに戻ると、私が村に滞在してからというもの、コレクトコールが来るようになった。インディオたちは、カロリーナに立ち寄るといつも、私に電話してきた。彼らは物をねだってきた。だいたいの場合、金銭だった。ほとんどと言っていいほど遠慮はなかった。もはや、あたかも私の実の子供たちでもあるかのように。要求には限りがなかった。今や、私は永遠の債務者であった。子供から過去の過ちと自らの不在に報いるチャンスをとうとう与えられた駄目な父親に私は変わっていたのだった。その関係を理解することは難しい。彼らは文明の孤児なのだ。見捨てられている状態なのである。白人たちの世界、彼らが必死に理解しようとし、概して虚しい結果に終わる世界において、縁組を必要としているのだ。問題は、クラホー族たちが白人たちのもとを訪れる頻度は白人たちがクラホー族たちのもとへ行く頻度よりも多いので、相互的な養子縁組の関係はすでに初めから不均等だということだ。世界は白人たちのものだから。彼らのなかには補いようのない欠乏がある。忘れられたくないのである。訪問者たちがあたかもずいぶん前に失踪してしまった両親でもあるかのように、できる限り村へ立ち寄る全ての人々にすがりつくのだ。あなたが家族の一員となることを望んでいるのである。あなたが父に、母に、そして兄弟になることを必要としているのである。息子の死後、エロイーザ氏に宛てた手紙のうちの一通で、ファニー・クエインはクラホー族たちが彼のことを「偉大なる兄弟」と呼んでおり――そのことは他の文書では否定されているが――当局へ大至急それ相応の代わりの人、彼と同じくらいに善良な魂の持ち主である誰かを派遣するように頼んでいると伝えていた。その温情を求めるような関係は最も不快かつ苛立たしいもので、クエイン自身もその圧迫に苦しんだのだった。易々と問題を解決してしまうような者はいる。私の場合はそうではなかった。私は人類学者ではなく、善良な魂も持ち合わせてはいない。私はうんざりしてしまった。あるときから、次の日の晩には必ず電話するようにと頼みながら、私に残されていく知らせにはもう応じないことに決めた。その決断によって引き起こされた罪悪感というのも私を苛立たせたが、一時間かけて私の家の玄関を叩くのではという考えが私を脅かしたときほどではなかった。村を出る前に、私が洗礼を受けるのを拒否したのを目の当たりにして、ジェルシーラは、呵責と皮肉とのあいだといった様子で、私に近づき、彼らを見捨てたどの白人たちとも変わらない、村にはもう二度と戻ってこないだろうし、彼らのことを思うこともないだろうと私を責めてきた。私はそんなことはないと約束した。彼らが私をどうするかと気が気でなかったのだ（私を羽で覆い、名前と決して解放されることのない家族を与えること以外は何もなかったが）。私の恐怖は誰の目にも明らかだった。私は卑しい役割を演じた。そして、彼らは私の臆病さを笑った。私は彼らのことを忘れないと約束した。そして、私は、全ての白人たちと同じように、彼らを見捨てたのだった。

ディニス老人の話したところによると、ブエル・クエインがルース・ベネディクトに宛てて一九三八年の九月十五日に書いた手紙で確信を得たのだが、若き民族学者もまたそういった類の関係に加わったり、巻き込まれたりすることは望んでおらず（「現地人になるという考えは好きではありません。フィジーにおいて、そういう意味合いで起こる歩み寄りというのは、ここでは受け入れられるばかりでなく、期待されています」）、別の家族を望んでもいなかった。彼はすでに一つの家族をもっていた。どうやら、血縁関係のつながりを避けるよっぽどの理由があったらしい。彼の最後の数通の手紙から判断するに、そうしたものが彼の死の理由だったのだ。

一時、ディニス老人との対面の後、そのアメリカ人がどんな病気にもかかっていなかったとインディオたちが言い張るその断定的な形に疑いを抱くに至ったことがあった。どうしてそんなことを知り得たのか？　当時、マノエル・ペルナにその死を報告した人々と同様に、今、その時点では一人の子供だったディニス老人は、あたかもその事件において、彼らが直接的に民族学者の死に関与していたかのように、予期せず起こる伝染病に関するありとあらゆる疑いを遮ろうと躍起になっていた。クラホー族について彼が残したメモで、クエインは「持ち込まれた病」について触れている。「村の健康状態は一刻も早く政府からの配慮が必要である。一般的な流行病の他に、深刻な病は結核、ハンセン病、そしておそらく梅毒である。梅毒に関して私が確信をもっていないのは、ちょうどパーキンソン病、運動失調症、あるいは不全麻痺と同じように、病気の進行した症状がないところに理由がある。私が観察した症状の大部分は結核によって引き起こされたようである」。彼の妄想のなかで、彼がいたるところに自分自身を見ていたというのはあり得ないことではない。

12

あなたはブエル博士が村で何をしたのか知りたがっている。おそらく何もしてはいない。そして、もし何かあったとしても、あなたが答えを引き出すことになるのはインディオたちからではないだろう。私も何もわからないのだ。しかし想像はできる、そして、あなたも想像できる、彼が私に自分の話をするたびに、私が想像したのと同じように、その孤独の激しさのために、自殺した夜に逃げていったのだろうということを。

カロリーナに戻ったとき、インディオたちと出発して二カ月以上後で、自殺する二カ月以上前に、自らが嘆かわしい状態にあることに気づいた。身を隠す方がよかったのだろう。誰も信用していないと彼は言った。しかし、あまりにも私を探し求めたがために、私を疑うことはできなかった。街に着くや、私の家に来た最初の夜、私にトゥルマイ族のことを話したときを覚えていたに違いない。

彼は汚れて靴もない状態でやって来た。以前に軽蔑し、自分を表現できないのを恐れて、あえてポルトガル語で話しかけていなかった白人たちに威圧され、恥じ入っていた。私はただ彼の話を聞いた。よく彼は私の家へ来た。他の人といるときは、黙っているのを好んでいた。私を探し求めていたときは、話すためだった。時折、飲んだときは、つじつまの合わないことを言っていた。彼を見つければどこであろうとも、彼らが追いかけて来ると思っていた。逃げ道は見えていなかった。私は質問したが、彼らが誰なのかは言わなかった。彼はリオデジャネイロでは監視下で生活したと私に語った。どこにいようとも監視されていたと言いたかったのだろう。たとえ身を隠しても、たとえ秘密裏に動いても、たとえ誰にも何も語らなくても、彼らは彼のしたことならなんでも知っていた。そんなとき、彼は黙り、もう一口飲み、急に中断したことを再び話し始めた。彼はブラジルに情報網が存在していると考えていた。リオの警察や彼を脅かしていた密林のSPIの調査官たちだけではなかった。ブラジルに足を踏み入れてから、彼の一歩一歩全てが観察されているのだと言った。あれほどに孤独な人を私は見たことがない。彼がカロリーナに滞在しているあいだ、彼は夕暮れどきに私の家にやってきて、私たちは夜遅くまで話した。たびたび、私は彼の言っていることが理解できなかったが、たとえそんな風でも言いたかったことは理解していた。私は想像していた。彼はただ誰かと話をする必要があっただけなのだ。彼が世界を旅したことについて話していたあるとき、私がどこへ行き着きたかったのかと尋ねると、一つの視点を求めていたのだと言った。私は彼にこう質問した。「何を見るために?」。彼はこう答えた。「視界にもう僕が入ってこないような視点さ」。探す必要はない、もしそのためだったのだとしてもそんなに遠くへ行く必要はなかったんだと、彼に言うことはできたのかもしれないが、私には勇気がなかった。鏡を避ければ、彼が自分自身の視界に入って来ることなど決してなかっただろうし、どこにいようとも、誰も視界には入ったりはしないのだから。時折、彼はたくさんのものを見てきたにもかかわらず、あたりまえのことを知らず、そのため、他の人たちも彼のことを見たりはせず、身を隠せると信じている印象を私に与えた。私が見たことを、話したりはしなかった。私は彼を待った。私の聞いたことが、事実であったのか、それとも彼の話してくれた幻想から始まった、私と彼の想像を集めた結果であったのかはもうわからない。そのために努力をしたわけではないにせよ、死とはそのときまで見ることはできなかったものの発見ではないのか、その発見は彼を死へと導くかもしれないあらゆるものにもまして、悪いものではないのかと恐れてもいた。確かなことは、最後に村を去るときに、彼は逃げていたということだ。そして、そういったことを私はもうあなたに語ったが、繰り返すと、私はしっかりと守ってもらいたいからなのだ。多いときは、ただ一つの原因とただ一つのイメージのための余地があなたの頭のなかにできるだろう。もし私が彼を見たときのように見ようとすれば、あなたの視界の外にいる一人の人間として彼のことを思い出すことを覚えるに違いない。ああしたことで彼が何を言いたかったのか、彼の言葉のうえで何が最も恐ろしいものだったのかを理解するのにも時間がかかってしまった。つまり、他の人たちとは反対に、自らの外で生きていたということだ。彼は自分を外国人と考え、旅をするときは、それ以上、自分自身を見るという刑に服すことはなくなるだろう、ただ自分自身の内に立ち戻ることだけを望んでいた。彼の逃亡は彼の失敗の結果だった。ある意味、自分の視界から消えるために、自分を見るのをやめるために、彼は自ら命を絶ったのだ。

13

ブエル・クエインが最後に村を出たことは逃亡であったのだということを思い出させる。カロリーナまで案内してもらうために雇った二人の若者が同行した森での旅路は時間に対しての、あるいは彼の跡を追って来る何かに対しての闘いに似ている。実際に狂っていたのだとしたら、心理学の常套句ではあるけれども、それはそのとき、自分自身からの、新たな危機が偶然起こるなかで、彼を殺そうと迫ってきていた分身からの逃亡となっていた。新たな危機が目前に迫っていることを感じ、手遅れになる前に出て行くことを決めたに違いない。孤独のなか、彼の亡霊たちにつきまとわれながら過ごし、自分自身のことを、その人から解放されようともがく他人のように見ていた。彼は自分を追って来る誰かを引きずっていたのである。一つの重荷を背負っている、すなわちカントゥヨンであった。「あらゆる死が殺しなのです」と、彼はトゥルマイ族について、ルース・ベネディクトに宛てて書いている。「想像上の襲撃があるというのも稀ではないのです。人々は恐れを抱き村の中央に集まり――どこよりもさらされている場所なのに――そして、暗い森からやって来る矢によって射られるのを待つのです」。とはいえ、外からのより客観的な観点から病気の説明を受け入れると、今度は、その重荷というのがハンセン病か梅毒を患った身体そのものだったということになる。単に病気によって痛めつけられた身体の苦しみにもう耐えることができなかったというわけだ。一九三九年の九月二日の手紙で、ファニー・ダン・クエインはエロイーザ氏に息子の自殺についての説明を求め、次のように書いている。「思うに六月に村へ戻ったとき、彼は病気だったのです。というのも、『十二月まで耐える』つもりだと言っていたからです。そうしたこと全てにおいて最も痛ましいことは、彼を救うことができたはずの医療器具のあるリオデジャネイロへと彼を運んでいたかもしれない飛行機がおよそ四十マイルのところに来ていたということです。高熱のもと、家に帰りたいと切望しながらも、四十日間、頑張りましたが、最後には闘いに敗れてしまったのだと思います――胸が張り裂けそうです」。

おそらくは最後の時間に彼を導いていたものが何なのかを理解しようと固執しても意味がないため、そういったことから彼の狂気に入り込もうともしたが、彼は個人的な亡霊からだけではなく、何か客観的で具体的なもの、骨と肉を備えた誰かから逃れようとしていたのかもしれないと強く考えるようになった瞬間があった。対面したときに、新聞に記事を書いた人類学者へ彼が殺された可能性を予感しなかったのかと私は質問した。すると彼女は断定的であった。彼が自殺しないような可能性など一切なかったと私に言ってきたのだ。彼の残した手紙からすると、殺害されたという仮説とは全てが矛盾していた。そして私は知っていた。多くは主張しなかったが。おそらく、クエインには命の危険を冒していたことを明らかにできない理由があったのである。私の言いたかったことはさほど意味がないことで、彼の狂気がうつってしまっていた。私が言いたかったのは彼が自殺を強いられたのだろうということ、殺される前に、罪からだけでなく、実際の脅威から逃れることができないとわかったときに、パニックになって自殺したのだろうということだ。たぶん、彼には殺される理由があったのだろう。そういった理由を表に出したくなかったのかもしれない。「幸いなことといえば、インディオたちが救われたことです」。おそらく自ら命を絶つ方がましだったのだろう。村で何を行なったかに全てがかかっていた。私には、その答えが死ぬ前に彼の書いた、受取人たちと共に消え去った手紙のなかの一通にだけあるような気がした。さらにそうした次第で、父や、義理の兄や、あるいはトーマス・ヤング宣教師へ民族学者が残した手紙のうちの一通に答えがあるとすれば、それが公にされなかったということは私にはおよそありえないことだと思えた。それが八通目の手紙がある（もしくはあった）に違いないという仮説を抱き始めたときであった。

各人が読み得るかたちで詩を読み、そのなかで望むものを理解し、読む瞬間までに蓄積されてきた自らの経験へ詩句の意味を重ねる。海岸での週末、眠れないある夜のあいだ、クエインの死、私からすると六十二年のあいだ眠っていた謎を調べ始める数週間前、私は偶然にも「哀歌一九三八年」のページでドゥルモン〔ブラジルの詩人カルロス・ドゥルモン・ジ・アンドラージのこと〕のアンソロジーを開いていた。「君は廃れた世界で喜びもなく働く、／そこでは形式や行為がいかなる例を閉じ込めてしまうこともない。／君はあくせくと普遍的な身振りを実践し、／君は暑さ、寒さ、金欠、飢え、性欲を感じる。／（……）誇らしい心で、君は自分の敗北を告げようと／そして集団的な幸福を次の世紀へ先送りにしようと急ぐ。／君は雨を、戦争を、失業と不公正な分配を受け入れる／君一人ではマンハッタンの島を爆破することはできないからだ」。

14

これはあなたがやってきたときのために。彼はカロリーナへ靴もはかずに戻って来た。街で誕生日を過ごしたかったのだ。あの晩、他の島のことを私に話してくれた。私には想像できないだろうと彼は言った。その四年前に、世界の反対側の太平洋の現地人たちのなかで十カ月を過ごした島のことを話してくれたとき、すでに私はもはや想像などしてはいなかった。今度は、もう同じことを話さなかった。絶えず何週間ものあいだずっと、黄昏から日の出まで、ある現地人が彼に語った物語に寝かしつけられ、星空の下で眠った島ではなかった。私は、彼がカロリーナにやってきて、二カ月以上にわたって、彼を起きたままにしようと、虚しくも、現地人が彼をつついていたという、太平洋の島の話を私にしたとき、それが一緒に飲んだ最初の夜だったが、初めて彼が自分の話で笑っていたのを見たこと、そして現地人が、彼を起こしたままにする試みが無駄だとわかると、その人も彼の傍で結局は横になったと語り、真剣な表情になって、話を進めるために笑うのを不意にやめたとき、どれほど私が当惑したかを思い出す。私が彼の話に疲れているかと考えているのかもしれず、ああいうことを私に語るとき、意識せずに、彼は何かを遠回しに伝えているのかもしれないという考えに私は困惑してしまったのだ。民族学者がその太平洋の島で目覚めたとき、太陽はすでに高く昇り、物語の語り手はすでに帰ってしまっていた。五月の末、カロリーナへ戻って来たとき、彼は自慢げに写真と自らの手で描いた絵を、大きくてたくましい黒人たちの肖像を、私が彼の語ったことがわかるようにと見せてくれた。村は海辺にあるのではなく、丘の上にあったのだとは、権力の象徴として胸元にぶら下げた鯨の歯を保持する首長によって統治されている、内なる森のことを彼が話すまで、想像できていなかった。その島では、首長たちは、彼らが触れるあらゆるものと彼らに触れるあらゆる人と同様に、神聖であった。海岸の村は他の島々からの侵略者たちによって文化を変えられてしまったが、その侵略者たちはというとヨーロッパ人たちからの影響を受けていた。内陸の現地人たちだけが彼の求めていたものを無傷のまま保っていたのだ。つまり、法律の厳格さにもかかわらず、確固とした構造と予め決められたレパートリーのなかで個人自身が自らの役割を決定するという社会である。限られてはいるものの、選択は扇状に分岐しており、内部での流動性がある。それは彼が私に語ったことだ。彼はいつも島々に魅力を感じていた。それは孤立したいくつもの宇宙だったのだ。わずか十五歳で初めて雇われて、一九二八年の休みのあいだ、「時間と時刻の制御者」として働きに行ったのだった——身振りを交えつつ、カナダ中央の未開発の地域での鉄道敷設工事の作業場における彼の作業を、自己表現しようとする言語を知らない者たちの意図せぬ詩でもって、私に説明しようとしたのはそういうぎこちない言葉によってであった。その地域の島々を探索するのに休日を利用し、手紙のなかに入れて家へ送り世界のどこにいるのかを示す地図をスケッチしていた。岩場や樅の森を進んでいき、何時間も立て続けに孤独な先駆者という彼の幻想にひたりながら人のいない地域を冒険し、自らの身体の限界を超えた自由への境界も残らなくなるまで、魂がすでに溶け込んでしまった風景との融合を身体が妨げる以外には何もなくなるまで自然のなかに潜んでいた。それが蚊にくわれながら、北極の夏に一人で足跡を残した領土であり、その地図は彼の経験と想像の分かつことのできない結合だった。今、私があなたに再現しようとしているものと同様に、加えて世界を知らず、雪を見たこともなく、もはや彼の想像と聞いたことを区別することもできない卑しい奥地人（セルタネージョ）のイメージの乏しさをあなたは許してくれることだろう。しかし、五月の末、裸足のまま、惨めな様子でカロリーナへ戻って来たとき、彼が私に語ったのはそういった島々のどれでもなかった。都市から、列車で二時間の、奨学金で訪ねた別の島のことだった。大人になってから知った島。様々な寝室があり、その全てを友人たちが使っていた家のことを話してくれた。もはや自らを表現するのは悲しみでも喜びでもなかった。そして私は彼があの思い出についてどんな感情を秘めていたのか伝えることはできないのだろう。同僚たちを置いていった海辺の一人での散策から戻り、他とは違って無人だった家と台所に座っている男を見つけたある午後のことを彼は語った。そして、自己紹介する前に、その見知らぬ人は、物陰から出てきて、写真機を取り出し、海辺を散歩していたときの、見知らぬものに驚かされてしまった、到着してまもない人類学者の驚きと不快感を永遠に記録することになったのだということを。五月の末、カロリーナの滞在のあいだ、私の家にやって来たある晩に、ブエル博士はあの肖像写真に映し出された像に抗うという使命と共にブラジルへやって来たのだと打ち明けた。一つの挑戦、自分自身への一つの賭けとして。彼は侵入者とそのカメラによって裏切られてしまったのだった。あれが、つまり、見知らぬものを前にしての驚いた表情が、最も真実めいた自分の像だとは認められなかった。何か言おうとする前に、写真家のせいで驚きにとりつかれてしまったのだった。そして、後になって友人になりはしたが、長い時間、その見知らぬ人は彼の他の写真を撮ることができなかったらしい。彼がブラジルへ出発しようとしていたことを知った後、何の知らせもなく、何としても彼を写真に収めようと決心し、ある日、彼のアパートに押し入りさえした。南米の密林へ船出する前に、友人の思い出が欲しかったのだ。私にただわかるのはその見知らぬ人があなたであったということだけだ。

15

一九三九年の十月、六十五歳のとき、ファニー・クエインは三枚の息子の写真をエロイーザ・アルベルト・トーヘスに送った。そのうちのほとんどは、一九三五年に、彼がフィジーへ行く前、ミネアポリスのスタジオで撮られたものだった。他の二枚の肖像写真は、一方が横からのもので、もう一方は正面からのものだが、一九三七年に撮影された。ブエル・クエインがニューヨークのアパートで、おそらく、彼の死後、彼の母親とルース・ベネディクトの尽力のおかげで出版されることになったフィジーに関する二冊の本の最後の修正作業をしていたときである。「とある友人、趣味としてそういった類のことをしているニューヨークの芸術家が、クエインにいつか写真を撮らせるように約束させました。その友人は待ちくたびれてしまい、髭を剃ったり服を取り替えたりする暇も与えずにブエルのアパートへ行きました」と、いつも息子のイメージを強く望んでいた彼の母は明言していた。民族学者がブラジルへ持ってきて、ここで、彼と知り合いになった者の手に、思い出として残したのがそれらの写真だった。

一九三九年の十二月、クエインの死後、最初のクリスマスの機会に、エロイーザ・アルベルト・トーヘスは、写真に感謝しながら、民族学者の母へ次のように返事を出している。「写真のほとんどは最初、私にある種の驚きをもたらしました。ブラジルへ来るときにはかなり短く切ってしまっていたので、彼があんなにも美しい髪をしていたとは知らなかったのです。しかし、悲しげとはいえ、表情は素晴らしく、彼が考え事をしているときと同じでした」。あたかも自己欺瞞から拵えられた対話が二人のあいだで、暗黙のうちに、互いに活気づけられたかのようであった。何かが私にその両者は知っているのに知らないふりをしているという印象を与えた。しかし、写真に感謝しているその手紙で、おそらく母親の強い思いを抑えるためなのか、エロイーザ氏は自殺のほんの数カ月前にクエイン自身へ送った実に奇妙な手紙と、ほんのごくわずかではあるが、つじつまの合わないことを言っている。

エロイーザ氏は民族学者の母親へ次のように書いている。「彼はリオを発ったときには本当に上機嫌で、嬉しそうでした」と。そして、コロンビア大の同僚たちにもそんな幕引きは想像できなかったと言って締めくくっている。

他の様々な要素はそうしたことを肯定するものではない。例えば、一九三九年の三月十二日の手紙で、ルース・ランデスはルース・ベネディクトに宛て、こう書いている。「ブエルは一週間前に北部へ出発しました。健康そうでしたが、最後の方はずいぶんと緊張した様子でふるまい始めていました」。ブエルが、五カ月経ち、自ら命を絶つと、ベネディクトは、その知らせがマトグロッソでタピラペ族のなかに孤立しているチャールズ・ワグレーに引き起こしてしまうかもしれない影響を心配して、彼の「良き友」、カール・ウィザースに彼へ助けとなる手紙を書いて欲しいと頼んでいる。ウィザースは折り返しベネディクトへこう書いている。「哀れなクエインの死の知らせを受けてチャックがかなり大きなショックを受けたりするのを避けようとしたあなたの懸念には大変心に訴えるものがありました。ここだけの話ですが、リオから私に送って来た手紙から判断するに、彼はそれほど驚いてはいなかったにちがいありません」。

しかし、リオデジャネイロでの息子の最後の日々についてエロイーザ氏がクエインの母親へ伝えようとした穏やかなイメージに関して最も混乱をもたらし、矛盾していることは、ただ落ち着かせようとしてのことでしかなかったのだが、彼に国立博物館の教員としての将来の仕事を用意するという口実のもとに、彼がクラホー族たちのなかにいたあいだ、一九三九年の五月七日に、彼女自身が民族学者に宛てて、英語で書いた謎の手紙にあらわれている。

「私は何があなたに手紙の最後の部分を破かせることになったのか自問しています。あなたがブラジルに滞在するかどうかということを考える機会がおとずれる前に、私たちのあいだで真剣な話をしておきたいと思っております。もう待つことができなくなるのを私は恐れていますから、私が心のままに（ア・クール・ウヴェール）お話することを許してくれるようにお願いします。私が手紙を書くということ以上にあなたを苦しめるようなことは他にないと十分承知しています。私は全面的にあなたのことを信用する必要があり、あなたがリオで行なっていたいくつかのことを私は知っておりますので残念に思います。たびたび、そのことについてあなたとお話がしたかったのです。おそらくあなたを助けることはできたのです。私が何を言いたいのかはわかっていると確信しております。それ以外に、もし村や文明化した都市においてさえも何か不快なことが起こるとすれば、それは［インディオ保護］局の知るところとなり、私が自分の友人たちに関する不平不満を聞き入れることになるのだということを忘れないでください。私があらゆる誤った行為の結果に苦しむことになる最初の人になるであろうということも確かであるかもしれません。ブエル、あなたが村へ酒を持っていかないことはわかっています。カロリーナにいるとき飲みすぎることはないとわかっています。どのインディオ女性にも触れないことはわかっています。手紙を書き、あなたを信じてよいのだと教えてください。時折、あなたは私を恐れさせていると白状しなければなりません。あなたはとても不安定で、あなたの将来を案じているのです。あなたにはもっと私を信用して、何をしていたのかを話して欲しかったのです。私はブラジル滞在があなたにとってよいものになるように期待しており、それが長ければ長いほど、なおよいものと信じています。あなたを助けられれば私はうれしいですし、このあなたの年老いた友人が思われている以上に人間の悲惨さによく理解を示せる人間なのだとわかってほしいのです。私の言おうとしていることをあなたが正確に理解してくれるかどうか、私は自問していますが、あなたの知性と感性があなたの言語での私の表現の貧しさを補ってくれると期待しています」。

一時のあいだ、私は彼女があの手紙で実際に語っていたこと、「人間の悲惨さ」という言葉で何を言いたかったのかを理解しようとして頭を悩ませた。ただクエイン自身にしかわからないことを、暗号によって、語っていたのだ。

五月二十七日を、彼がカロリーナを訪ねているあいだに、その手紙のことを知った後、クエインはエロイーザ氏に返事を出すのに活用した。「あなたが私の評判に配慮するようにと頼むのは一理あることです。なので、私がやましいところのない性生活を送っており、飲むのも、たまの集まりで、一杯か二杯かに限られていると思ってください。仕事と飲むのは同時にはできませんから」。

七月四日、自ら命を絶つのに一カ月もないときに、送られなかったが、マーガレット・ミードに突然中断してしまっている手紙を書いている。「世界のどこか他の場所に、非常に純粋な先住民の文化が存在するということを僕は疑っている。でも、シングーのありとあらゆるよいところにもかかわらず、私はブラジルを完全に離れ、自分の仕事もいくつかの地域に限られたものにしたい……」。

クラホー族がカロリーナへ運んで来た所持品のなかに見つかった、同じ手紙のなかで、クエインはブラジルのインディオたちと仕事する難しさに不満をもらしていた。「そういったことはブラジル文化それ自体の不規律でしっかりしていない性質に原因があると思う。私のインディオたちはこの近くに——周縁の地であり、ブラジルのくずどもはそこで暮らしている——居を定めている田舎のブラジル人の堕落した類の人間と争うのには慣れっこだ。私の会ったブラジル人たちもインディオたちも欲しいものが手に入らなければ泣きわめき、君はだから背をむけているわけだが、約束なんか守りやしない甘やかされた子供だ。雰囲気としてはアナーキーで、好ましいところは全くない。社会が自らを解体しているかのようだ。ここで私の抱えている困難は大部分ではブラジルの影響に原因があるのかもしれない。ブラジルはというと、間違いなく、最初の接触で先住民の文化から最も好ましからざる特徴を吸収してしまった。カロリーナのある技師はクラホー族と、またシングーのインディオたちと同じ特徴的な方法で水浴びをするために、水に入る。『ブラジルじゃ、そんな類の規制なんか気にしない』わけで、リオデジャネイロの誰も禁煙の警告に従わない。ブラジルの子供たちは旅行者には誰だろうと構わず『施し』を求めてくる。そうしたことは先住民に起源があるわけではないだろうが、インディオたちの気質には全面的に合っている。ブラジル人たちは幸運に訴えることで満足を覚えてしまうのだ」。クエインは、反対に、自らの好機を運命に委ねようとはしなかった。死のときにさえも。

これが彼の見たものだった。彼は一九三八年のカーニバル前夜にリオデジャネイロへやってきて、ラパのヒアシュエロのある宿に滞在した。その地区は、そのとき社会の底辺（バス・フォン）とリオの娼館の優れたクロニスタ〔クロニカと呼ばれる新聞に掲載される日常生活について綴ったものの書き手〕であったルイス・マルチンスが言い定めたように、「安い愛の宿」で知られていた。フランツ・ボアズに署名されている、彼の持って来た紹介状の近くに、若き民族学者はリオでの新しい住所を手書きしていた。「B・H・クエイン、一〇七　ヒアシュエロ通り（ペンション・グスタヴォ）」。同じ時期、「バイアーナは何を持ってるかって？」を歌いながら、頭にバナナをのっけたカルメン・ミランダ〔ブラジルの歌手、女優。ポルトガル生まれ〕が不滅の存在となった映画、『バナナ・ダ・テハ』が、都市の中心街にあるメトロ＝パセイオ映画館のポスターにあらわれた。その映画はバイアーナに扮装して、頭は果物で覆い、集団でラパの通りへと繰り出していた、お祭り騒ぎの人々に影響を与えた。また、一九三八年のカーニバルでは、不逞（マランドラージェン）、犯罪、地元の同性愛者を代表した、地元の神話の主要な人物の一人が、出身であるブラジル北東部の蝙蝠にインスピレーションを得たスパンコールの衣装を着て、チラデンチス広場近くの共和国（ヘプブリカ）劇場のダンスコンクールで優勝し、それからはセシル・B・デミルの同名の映画との連想で、マダム・サタンと呼ばれるようになっていた。

16

これはあなたがやってきたときのために。私が知っているのは彼が私に語ってくれたことと私が想像したことだ。あなたは私などがもはや知る由もないその島のことを知っている。私の知っているわずかなことを語る作業を自分に委ねているのはただそれが理由だ。もし私が伝えようとしていることの全てが半分にすぎず、他人の耳には意味を成さないように響くのだとすれば、それは意味を成すときを待っているからだ。あなただけが私の言おうとしていることを理解できる、というのは私にはない鍵をあなたは持っているからだ。あなただけが物語のもう片方を持っているのだ。私は何年か待ったが、幸運には恵まれないようだ。私が伝えようとしていることはあなたがすでに知っていることと一緒になってようやく意味を成すだろう。あなたに尋ねたいことも出てきたことだろう。例えば、街から二時間の島について彼が抱いていた思い出について。彼は私に海辺の家のことを話し、私は想像しようとした。まさにそんな風にして、海を前にした砂丘のあいだの木とガラスの建物と、両者の人生を永遠に変えてしまった写真撮影の後、雨の午後が終わる頃の部屋の窓辺にいた二人の姿を私は見たのだった。私の話していることはあなただけが知ることになるだろう。彼があなたに初めて彼女のことを話したのはきっと海辺の家だったのではないだろうか。もしそうでないとすれば、酒に酔って、カロリーナへ私を探しに来たある晩に、どうして、海と雨と、彼を愛している者たちに与えた失望とを結びつけたりしただろうか？　きっとあの女性のことが話されたのだろう。彼はあなたが彼女のことは知らないだろうと思っていた。そして、それが裏切りの明らかになったときだった。というのも、あの雨の夜、あなたは彼に全てを知っていたのだということだけでなく、あなたも彼女と関係があったということも告げてしまったからだ。そして、彼にとって、その結果はあなたには想像できないほどのショックだった。実際には、他人のうちに声そのものを聞くことが許されている人を驚かすものなどないと私は確信している。彼は名前を出さずにあなたのことを私に話していた。彼は自分を裏切った男のことを私に話していた。しかし、そうしたことがあなたを助けるかもしれないとしても、彼があなたの友情を認めていたことはわかってほしい。彼が裏切りと呼んだことは、実際のところ、彼自身の行いにおいて彼があなたを苦しめていたことだったのだ。どんな風にであれ、彼もあなたを裏切ったのだと認めていたことをわかってほしい。

役割が逆転してしまったわけだ。つまり、眠りにつくまで太平洋の島の歌を彼に聞かせ、日の出と共に起きたときには彼の横にはいなかった黒人とは逆に、最後に気づかれることなく海辺の家を彼が去って、翌日、一人で目を覚ますのがあなたとなったのだ。雨の夜のあいだ、ある女性のことを二人が話していた。彼がそのときまで知らなかったことはあなたも彼女と関係を持っていたということだ。あなたはそんな風にすれば彼が彼女を捨てるだろうと考えていた。あなたは彼を失いたくなかった。そして、彼は消えてしまった。あなたが目を覚ますと、家は無人となった。おそらくすぐに、もし彼を探さなければ、もう会うことはなくなってしまうと思い、共通の友人から知らせを聞き、彼がブラジルへ出発しようとしていること——黙って、何カ月も、彼がすでに計画していたに違いなく、最後には海辺でのあの雨の夜の後に決断されたこと——を知る必要がでてきた、つまるところ、あの会話が、彼なりの、数日後には、彼の唯一の思い出として残ることになる肖像写真、つまりこの地の短い滞在のなかで残した証を撮ろうと決意して、あなたが街のブエル博士の家へ駆け込んでいくための、お別れだったのだと知る必要がでてきたわけだ。

途方もない憂鬱という気もそぞろになっている時期に、自分の妻なのかどうかもはっきりさせずに、彼がその女性のことを話していたとき、私はいつも彼女をあなたたちが海辺の家で話し、一つの友情の終わりを決定づけた人と結びつけていた。私には推測することしかできなかった。もしかするとあなたの知りたいことかもしれないが、彼が私に話したのは一人の彼を裏切った男の女性のことだけで、その他には誰のことも話してはいなかった。初めは、彼の妻、自ら命を絶つ前にインディオたちに話したのと同じ人だとしか思わなかった。彼を裏切ったらしく、北米の新聞社での雇用に同意するため、彼に従わなかった女性だ。奇妙なのは最初の夜にすぐ結婚はしていないと私に語ったことだ。彼女のことを話している場合、妻本人のことを話しているのかもしれないと思うに至ったが、それも家へ戻るとき——実を言えば、家ではなくホテルのことを言っていたのだが——彼に付いてきていた女性が彼らのいた車両のなかで小さな娘——他の乗客に交じって彼らを見ることはなかった娘——の目を前にしてすっかり当惑してしまい、ついには、かなり気が遠くなってしまい、目的地に着く四駅前で下車して歩いていかなければならなくなったという、街でのある夜のことを彼が私に話すときになってのことだった。幽霊でも見たかのように、彼女は青ざめていた。そして、いくら彼が尋ねても、彼女は何も語らず、そのパニックの理由を明かさなかった。ただ数日後、ここ三年間は見ることもなく、不幸な一致だったが、彼女がクエイン博士と一緒にいたのと同じ車両に再び幽霊としてあらわれた小さな娘の名前を叫びながら、夜中の悪夢から目を覚ましたとき、ベッドで彼が彼女を落ち着かせているあいだ、ただそのときになってようやく、彼女は急いで列車から降りるに至らせたのが何なのかを彼に語る他ないと思ったのだった。話は彼ら、つまり彼女とクエイン博士がまだ知り合っていない頃に遡った。列車の娘は奇妙な、彼によれば奇妙な名前の小柄な女性だった。アメリカ合衆国の南部から勉強し、音楽界で成功しようとやって来たが、ニューヨークに到着すると、この上なく完璧な純心さで、若い娘たちの宿に受け入れてもらえたのだと信じていたために、運命に感謝しつつ、その娘は誰にも気づかれずに売春宿に泊まったのだった。来たばかりの南部の女と、インディオたちのなかで最後の日々に彼が妻と呼んだ、ベテランの女二人が知り合ったのはそこだった。南部の女の純心さを理解して、彼女に音楽学校まで乗らなければならない交通機関を教えるばかりでなく、彼女の所持金を守ってあげることも買って出た。そして、気づいたときには、哀れなその娘の宿の仲間は彼女の全財産と共に消えてしまったのだということと同時に、彼女が宿だと信じていたのが実は売春宿だったと理解したのは言うまでもない。二人がもう会うことはなかった。ブエル博士が妻と呼んだあの女はまさかあんな大都市でまた彼女に再会し、他の乗客のあいだ、まるで幽霊のように、列車の車両のなかで彼女を見ることになるなどと想像もできなかったのだ。何か重要なことを示したいときにはいつも、彼が習慣としていたように、不愉快な様子で語られた、時宜を得ず、明らかに重要さも意味もないその件によって、私は彼が言いたかったことを理解したのだった。娼婦たちと付き合っていたのだということを私に理解してもらおうとその女のことを話していたのだ。

語っていることについては曖昧だった。最初の夜から、私は腹部の傷のことを知っていたが、彼は、他の酷いふるまいのなかで、死に先立つ絶望の時間に、ようやくインディオたちにそれを見せた。とはいえ一緒に水浴びを何度かしたときに、その傷を見ていなかったというのは妙なことだ。彼らには昔の病気、戻ってきては熱のなかに消えていた病気の結果だと話していた。今度は熱が出ることはないので、それは彼の日々が数えられていったことの前触れであり、避けがたい死の苦しみへ急ぐ方を彼は選んだのだった。三月、カロリーナで私の家へ行った最初の晩、トゥルマイ族についてて話す一方で傷を見せるため、思いもよらない強制的な身振りでシャツをまくり上げ、口ごもりながら外科医であった父親のことに言及した。私のぞっとする思い出のなかで、彼は実際にはあのことを語ったりはしなかったが、私の友は幼い頃、自分の父によって手術を施されたらしいということを私は理解した。

村へと戻る旅の最初の夜のうちは馬に乗って彼についていくということを私たちは約束し合った。旅は骨の折れるものだったが、私は彼を手伝える範囲のことをやった。最初のうちは、一日中動物の背に乗って、彼に同行することを買って出た。私たちは森のなかで夜を明かした。夜は話をして過ごした。おそらく彼は何がおとずれようとしているのかわかっていた、あるいは直感していた。おそらく自らを騙したかったのだ。インディオたちは夜を過ごせる沼地を知っていた。初日の最後に、彼らはブリチの木を断って、雨よけになる小屋を建て、火をおこした。食べた後には、眠ってしまい、私たち二人だけが話をしようと残った。空は星に覆われていた。彼は私にそのいろいろな星のことやフィジーで過ごしたときにそれらの星について聞いたことを話してくれた。星には何も重要なところはない。インディオたちはそれらが村や、空つまり彼らから天の領域と大地をつなぐ階段が取り払われてしまうときには、帽子か鏡のように我々を覆い、包み込む別世界に囚われているインディオたちが夜になると灯す焚き火なのだと信じている。我々にとって、インディオたちにとって、あるいは太平洋の現地人たちにとって星が何なのかはどうでもいいことだ。あの晩、彼は必要以上に飲んだ。すぐさま酔っ払ってしまった。前より弱くなり、前よりアルコールに強くなくなっていたことは間違いないと思う。道の途中でも、すでに飲んできていた。私の意思に反して酒を持ってきていた。夕暮れどき、彼の望んだ形で小屋が建てられなかったインディオたちのせいで彼は神経衰弱にかかってしまった。彼にはふさわしくなく、あるいは不十分に見えたブリチの木を抱えて森から彼らがあらわれるのを見るやいなや、それは始まった。誰にも理解できなかった。英語で話し、どこにいるのか忘れてしまったようだった。私は全てを黙って見ていた。もう運べなくなったとき、数時間前にまかせたのと同じ荷物だったが、哀れなクラホー族はそれをエンバレの木〔パンヤ科の木〕のもとに置こうとしていると、酒を隠していたその荷物を乱暴にインディオのうちの一人から奪った。そんな彼の姿を見たことは一度もなかった。インディオたちは困惑してしまった。あたかも深い眠りから驚いて目覚めたかのように、突然彼らに黙れと叫ぶほどだった。彼は口を噤み、沼地へと出ていった。彼が戻って来たとき、私たちは火の周りにいた。前よりは落ち着いた様子で戻って来た。黙って食べ、インディオたちが眠ってしまうとすぐ、私に謝った。しかしそれだけではなかった。まるで何事もなかったかのように、時折、私たちを取り囲んでいた高原（セハード）の台地の連なりに似ていたという、アメリカ合衆国の彼の出身地の景色について話し始めた。火の前に座り、彼は飲み続けた。エロイーザ氏が村へ酒を持っていくのを禁じていたので、私たちでその瓶を空ける必要があるのだと言った。彼は笑おうとしていた。彼の気分を害さないように、私は何杯か飲んだ。彼はアメリカ合衆国からの非常に大事な手紙を待っているのだと言い、カロリーナへの郵便物と共にコンドルの飛行機が到着したらすぐに、配達人の手を通じて村へその手紙を送るようにと私に約束させた。私は自分の弟を馬に乗せて行かせると約束した。すでに言ったが、あの最後の手紙に、死の宣告がふくまれていることは知らなかったのだ。初めてヨーロッパへ行ったとき、まだ彼が病気だったとき、外科医の父が彼に語った、もはや港へたどり着くこともできず、あてもなく、太古の時代から海をさまよう幽霊船に関する話を私に教えてくれた。他の船が横切っていくたびに、不気味な船員たちは他の船の乗組員たちに手紙の入った箱を陸地へ運んでいって欲しいと頼み込もうとボートに乗り近づいていった。しかし、目的地の港へ着いてみると、船乗りたちはいつも手紙が誰も知らない人やずいぶん前に死んでしまった人へ宛てたものだということを知るのだった。ブエル博士は、リオデジャネイロのラパとカテッチのあいだを歩いていると、一度、円柱の寺院を見たことも私に話してくれたが、その門には次のような一節が刻まれていたという。「生者たちは常に、そしてより一層死者たちにより統べられる」。彼は私がそんなことを考えたことがあったかどうか、それは何を言わんとしているのかわかったかどうか尋ねてきた。カーニバルのあいだ、私がリオデジャネイロに滞在したことはあったのかどうか尋ねてきた。彼はますます酔った。私もしらふではなかった。それに私の聞いたこと全部を覚えているわけではない。私は彼の夢や悪夢を想像したのだ。彼は一九三八年のカーニバルのときのリオにやってきて、路上のグループ(ブロコ)のなかで、看護婦の仮装をした、背が高くて人目を引く黒人の女に知り合ったと私に言った。白い制服、白い帽子、それに白い靴を身につけていて、そういったものが汗できらめいている、漆黒の肌を際立たせていた。彼はあまりポルトガル語が喋れなかった。彼女が彼に言ったことは何も理解できなかった。彼は酔っていた。彼女を宿の自分の部屋へつれていき、一緒に眠ったが、翌日起きてみると、日の出の前に彼をおいていったフィジーの物語の語り手のように、そこにはもういなくなっていて、看護婦の代わりに、彼のベッドには男、私に見せてくれた肖像写真の現地人のような、たくましい裸の黒人の男がいたのだった。もう何が起こったのかも、なぜその男がそこに泊まりに行ったのかも思い出せなかった。彼は自分を否定しながら自らのことを語っていた。

これはあなたがやって来たときのためだ。歌、伝説、世界の反対側の、太平洋の島の星の下で黒人が彼に話した物語のなかに、クエイン博士が私たちの別れた夜に語ろうと残しておいたものがあった。それは別の村を訪ねる前夜に、その辺を通る全ての女性を誘惑したある男が話すのを聞いたヴァヌア・レヴのある首長の物語だった。驚かせるつもりで、村へ到着する前に、彼らの祖先に彼へ女性の見かけを授けるようにとお願いした。川へ入ると、うつぼが彼を娘にかえた。村へ向かい、到着すると、すぐに同じ屋根の下で寝ようと誘ってくる男に言い寄られた。その言い寄ってくる男が、困って、他に頼るものがなくなり、最後には彼に結婚を申し込んでくるまで、女の姿をした首長は全ての試みも提案もはねつけた。翌日、女の姿をした首長は片付けをするふりをしていた一方、男はまた彼を誘惑しようとした。しかし、今度は、首長が抵抗を示すことはなかった。誘ってきた男が彼の上に乗っかると、二本の勃起したペニスが触れ合い、その男は恥ずかしくなって逃げだしたが、今度は一緒に寝ようと求めてくる首長に追いかけられたのだった。その話を終えると、ブエル博士は私の方をむき、笑って、ひどい病気なんだと言った。そのあと、口ごもりながら私が次のように理解したことを話した。「あらゆる死は殺し」、しかし、そういったことで彼が何を言いたかったというのかはまだ理解できないままで、彼はというと卒倒するかのように眠りに落ちたのだった。あの晩は私も深く眠った。翌日、私が起きたときにも、何を聞いたのか、彼が私をからかおうとしていたのか、それとも真剣に自分のことを話していたのかも、さっぱりわからないままだったが、ブエル博士とインディオたちはもう出発の準備を整えていた。朝彼らはコーヒーを飲んでいた。インディオたちが眠っているあいだ、村への道の途中、一杯また一杯と飲みながら、最後の夜に私に全てを語ろうと残しておいたのだ。馬だけつれた一人での帰り道に彼が私に残してくれた遺産だった。というのも、それから彼とインディオたちは歩いていき、頭の奥に響く彼の語ったことと共に、私は一人カロリーナへ戻ったからだ。朝、インディオたちと出発する彼を見たとき、後ろを振り返り、茂みのなかへと消えていく前に手で最後に合図を送ってきて、一瞬、考えが頭をよぎったものの、もう二度と私たちが会うことはない、それが私たちの別れになるのだとは想像したくなかった。

17

一九三九年の二月、三十七歳のとき、フランス系スイス人の人類学者アルフレッド・メトローは、ラテンアメリカの専門家だったが、ニューヨークからリオデジャネイロへ彼を運んできた船でチャールズ・ワグレーに出会っていた。バルバドスで、二人は知的な会話を交わし、ブリッジタウンを散策した。船旅を再開すると、ワグレーはメトローに身の上話をした。彼には障害のある弟が一人いた。十五歳であったが十一歳の身体をしていた。他方で、母親のことは好いていないようだった。一部の経済的な負担をしようと決めていた。ワグレーは、可愛がって弟の治療を試みるために、キャバレーのダンサー、家庭教師をやったり、レストランで働いたりしたということも彼は語った。自分の教育において失敗したくないとも言っていた。その告白がそれまで若いアメリカの同僚の「うんざりするような単純さ」を嘆いていたスイスの人類学者の心を動かした。「男色について話すほどに解放された様子にも私は感動した。彼自身、そうしたことに私が抱いた印象を認めている。彼は恋愛での成功を私に語っている。アメリカの生活の内奥に新たに潜り込んだというわけだ」、彼は日記にそう書いていた。

二月九日にリオに降り立つと、メトローは国立博物館の皇后の礼拝堂のところにある事務所へエロイーザ・アルベルト・トーヘスを訪ねた。建物は崩れかかっていた。彼のメモのなかで、スイスの人類学者は「カウワン」という名の不思議な男との出会いを書き留めていた。彼について、どこにもいかなる報告も残ってはいない。「活気に満ちた顔、標準的ではっきりとした輪郭、いくらかの熱意、広い肩」。

コパカバーナにあるホテル・ベルヴェデーレへ戻ると、メトローは同じ船でやってきて、数日間付き合っていたあるアメリカ人の女と夕食をとっていた。彼らのところにワグレーと「カウワン」が合流した。推測によって、謎の人物の正体がついに明かされるのは日記のその件である。「カウワンは私たちにシングーへの旅のことを語り、そのあと彼の梅毒ということに話題を広げた。彼の話ぶりのひどい弱々しさ、自分自身の境遇を茶化すところに、私は絶望的な虚栄を見つけたように思う。カウワンはかなり酔っていて、部屋を彼の声のとどろきで満たした。ワグレーは繊細で優しい『シッ、シッ』と言って、彼を落ち着かせた」。クエインに紹介されたとき、フランス系スイス人が若いアメリカ人民族学者の名前がわからなかったということは明らかだ。クエイン、カウワン。次の夜の夕食のとき、彼にはワグレーがかなり落ち込んでいるように見えた。

一九四七年、再びリオに滞在したとき、メトローは、彼が恨みを抱きやすく、自惚れが強く、人の悪口ばかりいうと考えていたコロンビア大学の若き人類学者バーナード・ミシュキンと夕食をとっていた。ミシュキンはワグレーの若い頃について彼に話すためにその機会を利用した。「母親は離婚、貧しくぞんざいに扱われた幼年期」だった。次には、八年前に亡くなった、クエインの完全な内輪話をした。「アル中だが、裕福な父親と神経症の威圧的な母親の息子だ。彼が恐れを抱いていた黒人たちとの同性愛を自らに課してしまったんだよな。才能のある若者、詩人といったところか」。メトローはメモのなかで自分を抑えはしなかった。「中傷好きということでいえば、ミシュキンの右に出る者はいない」。

18

彼が言いたかったのは別のことだった。彼が私に語ったことの結果、当局の耳に届いた場合に起こり得たことをあなたが重要に思うかどうか、私にはわからない。最悪の事態が想像され、全てが、人間的な質に逆らって、インディオたちが彼を殺すのを正当化する罪を、村において彼が犯したのだと結論づける口実になったのだろう。最も手っ取り早いのはインディオたちを迫害することだった。彼が私の肩に託した責任というのをあなたは想像できないだろう。紆余曲折の末、ちょうどあの夜に私に語った幽霊船の話において、陸地へ死者たちの手紙を運んでいった船乗りたちのように、死ぬ間際に書いた手紙を受取人たちの手もとに届けさせることを私にまかせたのだ。彼は私の恐怖の大きさばかりは想像できなかった。恐怖のために、結局、私がそのうちの一通は、危険を冒して送るよりも、残しておくという安全を選んでしまうとは想像できなかったのだ。ただ純粋に不信感のために。火の前で、不快感と共に彼が私に語ったことはインディオたちを復讐や自己防衛という推測される罪の容疑者にしてしまっていた。あの時代がどんなものであったか、あるいはこの国、不信感によって生み出された不条理な世界がどんなものであるか、あなたは理解できないだろう。私を許してほしい。全てが、死ぬときに彼があなたに残した手紙は、それが何であるにせよ、真実を明らかにするのだと私に信じるに至らせたのだ。真実も嘘もここまであなたを運んできた意味をもたないのだ。そして、私は危険を冒すことができなかった。それが私には明るみに出せなかった唯一のことだ。もしインディオたちが咎められることを非常に恐れていたとすれば、彼を殺してしまったからということなどではなく、いくらかのことに理由があったかもしれないからだ。彼らは何もしなかったし、彼はそうしたことをはっきりさせるくらいに十分雄弁で寛大だったのに。彼は自分の死について疑惑が生じないように自ら命を絶ったのだ。そして、ただ彼の存在が――そして村に彼がいるということが――すでに彼らを罪人にしてしまっていたので、彼らを罪から免れさせるために。それがついに、彼が狂気のなかで理解したことだった。残した手紙のなかで、父、義兄、そしてあなたに宛てられた手紙だけが封を閉じられていた。他の手紙はインディオたちを全ての責任から免れさせただけだった。それらが民族学者を自らの罪から解放し、彼をあらゆる疑いの埒外に据えているのだ。自殺は殺人という仮説を排除するだけでなく、息子に復讐しようとする父や母、妻に復讐しようとする夫、兄弟に復讐しようとする兄弟たちというような、彼を殺そうとする理由のある者の動機も排除している。皆、名誉ある状態で逃れている。皆、無実なのである。彼が私に少しずつ、九夜のうちに語ったことは告白のようなものだったということ、しかし告白のようなものを超えた何かだったのだということを私は確信している。自らの死の準備だったのだ。何もしなかったとは思わない。彼が私に言おうとしていたことというのは、できたはずなのに、彼はもう自らを抑えることができなかったということだった。言うことはいつもかなり曖昧だった。私には他の選択肢が残っていない。あなたのものであり、一部では私の無知のため、一部では用心のため（誰にもそれを翻訳するように頼めなかったのだ）、その内容は私にはわからず、今まで、それがそのままその受取人に届くようにと、彼ら、つまり彼とインディオたちを守るというただそれだけの意図で守り抜いてきたこの手紙を葬ってしまうことにしたのだ。手に委ねることしかできなかった。それは彼が私に残した遺産だった。マノエル・ダ・ノブレガ居住地の責任者の職が私から奪われてから、私は疑いをかけられる人間となった。あなたを待っているのはそのときからだが、私はもう危険を冒すことはできない。私が恐れているのは、彼が狂気のなかで、あなたに九夜の会話の末に疑うようになったこと、彼の死の知らせと共に一層大きくなった疑いを明らかにするため、封をして、あなたに宛てた手紙を使ったのではないかということだ。つまり、彼が殺人へと走り、いかなる機会も運命に委ねたくなかったのだということを。あなたもきっとためらったに違いないのと同様に、私も死んでしまったと考えるのはためらった。数日間、まだ彼に会えるだろう、彼は身分を変えて、逃げたのだと考えた。そう理解さえした。そんなとき、彼が狂気のなか、疑いを引き起こすかもしれないようなことをあの手紙で明らかにできたのではなかったかという恐怖が覆いかぶさってきたのだった。父にも、義兄にも語らず、誰であるにせよ、あなたに語ろうとしていたのであろうことを。現実の一部を成していない、狂気の一部を成していたことを。そして、やったのではなかったとしても、もはや避けることもできなかったことを。

これはあなたがやって来たときのためだ。覚悟しておく必要がある。自分が一人で見放されたと感じるとき、全てを失ったのだと思うとき、我が友、ブエル博士のことを考えてほしい。ある瞬間、どんな人でも自分が孤独で見放されたと感じるものだ。ただ、肉体の限界への絶えざる試練が私たちにまだ生きているということを意識させるのかもしれない。もし私たちが肉体を試練にかけるならば、それはどこまで行けるかを知るという浅はかな気まぐれによるのではなく、限界に挑戦するためではなく、私たちがどこにいるのかを知るためなのだ――他人にとっては自然に反することをしているように見えるかもしれないとしても。そして、しばしば、私たちが気づいたときには、もう手遅れになっている。彼の二十七度目の誕生日に、彼は死とは何であるのか知っていると私に語った。つまり、自らを無に帰すほど限界を越えることだと。それは疲れが許す以上に疲れること、自らの条件を越えること、ゼロ以下になること、その日が翌日をむかえる前に二十四時間を追い越してしまうことだという。彼の場合、最悪だったことは不幸なときに彼を支える人が誰も近くにいなかったということだ。戻らなければならないと理解したとき、かなり遠く離れていたので、旅する気力はもう残っていなかった。どんな動物も、たとえ地を這う蛇であっても、なめくじや蝸牛であっても、その生涯のなかで一度であっても、一本の樹、一つの石、空の一部を目にして、宇宙の全体を見て、一瞬のうちに、何であるのか、どこにいるのか、周囲で何が起こっているのかを理解するものだ。彼の死んだ後、私はその木を探しに出かけ、理解しようと努めた。インディオたちは私をブリチの木片で囲われた墓まで私をつれていってくれた。どの樹の前であってもよかった。そこだったのだと私は信じなければならなかった。自らの手で墓を掘り起こせば、私は確証だけは得られるだろう。多くのことは掘り起こされないかもわからない。一人では、そういう気力が起こらなかった。

私たちは皆、驚きにとりつかれ、常に横切りそこなっているのだと理解しないまま、道端にいる犬なのだ。彼は自分自身によって驚きにとりつかれてしまった。今日となっては権限や責任と同様に、彼が私に与えたあらゆる手がかりを理解している。しかし、もし最後に村へ戻ったときに、彼が最後の力を振り絞っていたのだとわかっていたなら、私は彼を救うためにどんなことでもしただろうに。彼を止めようとしたのだろうが、そのときに私たちのあいだで起こったことというのは、ブエル博士に関して実質的なところでは、私に主導権を握らせなかったということだった。誇り高い人間だったので、私は彼が行きつくところまで行ってしまうことはわかっていた。しかし、私には介入することはできなかった、最後の会話の後で、森での最後の夜の後ではなおさらだった。おそらく、彼の情緒不安定なことがわかっていたので、私は旅の最初のうちは馬に乗って彼に同行しようと決めたのだったが——しかし、それだけだった——そのとき、今となっては聞きたくなかったことを彼が私に語ったのだ。なぜなら、それは私の良心の呵責、彼を先へ行かせてしまったという後悔の念を大きくするだけだからだ。私をどうか理解してほしい。彼が自分の状態について私に気づかせたということは私に介入されることを拒んだということでもあったのだ。私が行動すれば攻撃や裏切りになっていたことだろう。彼にとりついていた、人を殺す幽霊が現実のものとなるかのようなものだったかもしれない。彼が私に語ったことはあたかも聞かなかったかのように私が守り抜くためのものだった。そして、それが私のしたことなのだ。私の遺産だった。私を理解しようとしてくれること、あの孤独と寄る辺ない状態で一人の人間に最後の手紙がおよぼした結果をあなたは想像できなかったということを私が理解したのと同じように、私を許そうとしてくれることを私は願いたい。

私があなたに語っているのは彼が私に語ったことと、私が想像したことの組み合わせたものだ。同様にまた、私は、あなたには語ったり書いたりはきっとできないことを、あなたに想像させることになるのだ。

19

誰も私に尋ねたりはしなかった。カロリーナの技師で、マノエル・ダ・ノブレガ先住民居住地の元担当者だったマノエル・ペルナは小さな孫娘を助け出そうとして、嵐のさなか、トカンチンス川で溺れ、一九四六年に亡くなった。新国家体制（エスタード・ノーヴォ）と戦争は終結していた。彼は、男の子三人、女の子四人の子供七人を残していってしまった。彼はトカンチンスのミラセマからカロリーナへ戻っていた。その話を語った人は長男と次男で、どんな書類や遺言、ブエル・クエインについてのいかなる言葉も残さなかったと私に保証した。フランシスコ・ペルナは、ミラセマ生まれで、父親が「川を通ってカロリーナへ戻っていき、嵐が起こって、筏が転覆したんです。彼はすでに腸の病気にかかっていました。心臓も弱くなっていました。泳いで、トランクの上に孫娘を助けようとしましたが、彼の身体は沈んでしまいました。孫娘は岸まで泳ぎ着いた友人に助けられたんです」と言った。事故の数日後ようやく、子供たちは流れに運ばれた父親の遺体が発見され、どこなのかはもうわからないが、川の下流のあるところに埋葬されたということを知らされた。森の真んなかに、ブエル・クエインのように葬られ、忘れられたのだった。フランシスコはその人類学者が父親の家に通っていた頃、子供だった。「彼は背が高く、赤ら顔で、とても好かれていました。父の友達だったんです。とても落ち着いていて、教養がありました。彼が自殺したことにはびっくりしました」。長女のハイムンダ・ペルナ・コエーリョも民族学者のこと、彼がカロリーナの父親を訪ねていたときのことを覚えていた。「彼らはよく話していましたよ。馬に乗って出かけることもありましたね」。今日、フランシスコと同じく、ハイムンダもミラセマで暮らしている。私はクエインの死について話してくれるように頼んだ。「彼は家からの手紙を受け取ってからはもう何も食べたがりませんでした。そして、インディオたちに妻に捨てられた、義理の兄と一緒に彼女は彼を裏切ったのだと言いました。北米のある新聞社で働きに行き、彼女は彼に従わなかったということです。死ぬ前に、最後の手紙を書けるようにと、明かりがなかったので、服や紙を全部焼いてしまいました。それがカロリーナに出回った噂でした」。結局、彼女と電話で話しているあいだに、私が思ったことだが、義兄の「裏切り」というのは、クエインの残した手紙のなか全てに重大なこととして何度もあらわれる事柄の一つだった、金銭と関係があったということは十分にあり得ることだった。つまり、ルース・ベネディクトと家族、カロリーナや国立博物館で借りた分、最後の旅で彼に同行した二人を始めとする、インディオたちへ約束した分における遺産の分配ということだ。民族学者は自らの自殺を家族の問題へ帰すにおよんだ。その場合、彼の当惑した目には、マリオン・カイザーが弟の死後にルース・ベネディクトへ書いた手紙で、プライドを少しばかり傷つけられなかったというわけではなかったが、生活苦の一切を否定したにもかかわらず、単に姉と姪をひどい経済状況に置き去りにしたがゆえに、義兄が彼を「裏切った」ことになったというのはあり得ることだ。マノエル・ペルナはいかなる遺言も残さなかったので、私は八通目の手紙のことを想像した。

誰も私に尋ねたりはしなかった。そして、それゆえに、答える必要もなかった。私の父は十一年前、現在の戦争に先立つ戦争、そしてそれを何らかの形で告げた戦争の前夜に死んだ。今日、戦争は永続的なものになっている。私はブラジルで暮らしていなかった。姉が私に電話してきて、最悪の事態に備えるように頼んできた。経緯は単純なものではない。あるとき、私の父は歩行が困難になりだした。車で一人出かけるとき、手にウイスキーの入ったグラスを持っていくこともよくあったくらい、生前かなり飲んでいたので、アルコールが蓄積されたことの影響だと私たちは思っていた。そして、それから何か言うこともおぼつかなくなり始めた。ろくに喋らず、舌がもつれていた。小切手〔ブラジルでは小切手での買物や支払いなどが一般的に行われる〕に署名することもやめてしまった。サン・コンハッドで暮らしていた建物のプールで知り合ったレバノン人の女と生活していた。私の父にはいろいろな女たちがいて、何度かは同時に一人よりも多くということがあった。愛人関係に陥ったり、何かふしだらな関係に陥ったりすることもあった。そして、リベラルな人間でなかったにもかかわらず、実は彼のなかに、欲望によって、選んだわけではなく多くの場合破滅へと導く道によって、運ばれるままになっている人々にある種の理解や連帯感があったという印象を私は抱いた。小さい頃、私に、(彼のもっていなかった、たとえ話をする本能、予言という魔法の力でないのだとすれば)そのコメントを正当化できるものが全くなかったわけではないが、だいたい、「女がいなければ、男は孤独で愛することはない」というようなことを一度、語ったことがあった。私の間違いでなければ、農園までの途中、マトグロッソの田舎、バハ・ド・ガルサスのどこかの街の宿の部屋を一緒に使っていたある夜中に、眠るふりをしながら、当時すでに、ほんのわずかな自制心も備えておらず、シーツの下で自慰にふけっていた私を見た後におそらく、自らの経験を通じて話していただけだろうという印象を抱いた。そして、その場合にはコメントは叱りつけるようなものでなく、守ってやろうという、先見の明のある感情の産物だったとしか思えない。事情を知った上で話していたのだった。彼は、もしサド的なところがあったとすれば、多分にマゾ的なところもある欲望に身を捧げていた。単純な人のようだったかもわからないが、活発な彼の生涯のなかで女たちから奪ったものに、老いをむかえたとき、彼を取り囲んでいた女たちへ今度は報いなければならなかった。私は、何年ものあいだ彼と生活し、彼が密林のなかに開くことに決めた牧場にとてつもない額の投資をした従妹と何を準備したのかちゃんと知ることはなかった。どうやら、彼女の金を奪いとって、同時に明らかな動揺はなく、従妹の屈辱を避けようとする努力などせず(逆に、なにもかもよく考えられていたようだったが)、多くの場合と同じことで、独身者か金持ちむけのバーで出会ったに違いない、「ミス・なんとか」という二十歳以上若い娘といるのを見られたのだったが、その娘と一緒に私を初めて、どこへむかっているのかもわからぬまま、その時期、リオへ私を訪ねたあるときに、マクンバの祭儀場へつれていったのだった。ある娼婦が助けを求めて来るのに耐えられなくなったと同時に、そのとき一緒に暮らしていた女性には自分がそういうものだと感じさせる必要があった。私の父は海辺の従妹と保持していた家でそのミスと週末を過ごした。彼女の友人たちは彼がその娘と一緒にいるのを見た。スキャンダルだった。従妹は従兄を愛していたので、良識に逆らい、彼と暮らすことを決心し、数年前、彼について警告した兄へ立ちむかったときのプライドを取り戻すのを誰も助けてはくれなかったこともあり、彼女は私の父のせいで失った金を取りかえそうと弁護士を雇ったのだった。兄は彼女との縁は切ってしまっていた。事実関係は結局、彼女に道理を与えた。私の父には名声があった。いつも何より程度の低いものに惹かれていたが、ついには彼よりもひどい人々に近づいていってしまった日、サディズムとマゾヒズムのあいだで性的倒錯の均衡を失ってしまった。死刑執行人から犠牲者へ、サディストからマゾヒストへ変わっていったのである。それは最初から冒していたリスクで、それが報い始めたときだった。数年間、ある女性と暮らしたが、私の父が驚いたことに、彼がそのサディストの劇場の伝統的な最終幕を開始すると、彼女がただのベッドの娼婦ではなく、何もない状態で見捨てておきながら、今度は彼女の脚を触ろうとしていた愛人の腐った金融家たち全員の名を暴露する書状をサンパウロ中に配り回ったことを明らかにしたのだった。それが主な理由だったのかどうかはわからないが、事実は彼がブラジルから出ていくことを決めたということだった。リオに飛行機が停まったのを利用して、殴られたばかりの人の幻滅した空気を漂わせて、私の母の家へ行き、皆と、そして彼女と話をして午後を過ごしたが、何年もそういうことはしてなかったので、私には驚くべきことのように思えた。アメリカ合衆国では、その歳で荷物をもった男にしては人がいいというか無用心というのか、彼の銀行口座を扱っていた女性、彼が銀行で管理していたものについては一銭一銭を知っていたキューバ人の職員と結局は再婚することになった。私にとって、それは決定的な一歩、年齢によって彼の性的倒錯の均衡が失われたことの決定的な兆しだった。理解せぬままに、欲望そのものの罠に落ちたのだった。キューバの女が彼の手のなかで苦しまなかったというわけではない。考えがあったのかなんなのか、私の父は三十フィートかそこらの帆船を買い、泳げない妻に、帆船を操縦することのできない彼と、現役を退いた船乗りの老人と共に、予期せぬ嵐に見舞われ、もう少しというところで三人とも死なずにすんだという日まで、フロリダとバハマ間の夜間横断を無理やりやらせたのだった。それ以来、横断はやめてしまった。バハマの離島にあるトレジャー・カイへ彼らを訪ねたとき、小舟は停泊地から出てしまっていて、彼が妻に加えていた拷問は喧嘩とセックスに限られていたが、そうしたことを、後になって彼女が私に語ったところでは、少なくとも彼とするのを本当に嫌がっていた。状況が全くよくならず、二人はリオに住むことにした。そして私の父があまりにも馬鹿なことばかりし始めたので、彼女はマイアミへ戻り、離婚と財産分与を求めだした。他の女は決してそんな大胆なことを彼に対してすることはなかった。彼はすっかり驚いてしまった。さらに悪いことに、彼女の名義による投資の他、合衆国で買ったもの（アパート一軒、小舟一隻、自動車二台）は全て置いてきてしまったのだ。税金や彼の居住ビザの種類との関係もあった。ブラジルの弁護士はマイアミでの裁判には出廷せず、ブラジルでもっている全財産の半分が失われることは避けるためにもアメリカの財産は彼女にもたせておくように助言した。そして、私の父はもう二度と合衆国に両足をつけることはなかった。リオで一人になり、飲み、抗うつ剤と鎮静剤を同時に服用するようになった。ある日、私と話すことがなくなってから六カ月が経ち、私の生き方を非難する代わりに（大学を出ないで彼と同じように、働いてほしがっていた）、私に助けを求めて電話をかけてきた。どこにいるのかもわからなかったし（家にいたのだが）、（彼を捨て、合衆国へ戻っていった）妻がどこにいるのかもわからなかったし、自分が誰なのかもわからなかった（私の父だった）。週に一人以上の女と出かけるようになり、彼女たちに時折、私を自慢げに紹介していた。持ち合わせがないのに浪費し、二十歳のちょっとしたプレイボーイのように夜を明かしていた。彼は六十歳を超えていた。ある日、彼は同じ建物の隣人、レバノン人の女と知り合ったが、明らかに落ち着いていた。あるいはよりよく言えば、彼の健康状況が悪化し始めていたのだった。彼は彼女をアパートの外へと遠ざけたが、彼女は一週間後に戻って来た。彼はまた彼女を追い出したが、戻ってきて、そんな風にして、彼は抵抗することもできず、彼女は自分の存在を認めさせたのだった。彼女は彼の全てのものを扱うようになり、私と姉が気づいたときには、もう遅かった。私の父はもう喋らず、歩かずで、彼女は署名がなく、親指の指紋の写しが載った委任状を彼から奪うのに成功していた。一時は、彼が病気を患っていたことを誰も知らなかった。たくさんの検査を受けたが、最後に、ある医師がＣＴスキャンを受けるように頼み、脳がスポンジ状に変わっているのに基づき、次のように診断するまで、何も確認できなかった。珍しく、治る見込みのない病気、クロイツフェルト・ヤコブ症候群を患っている証拠が顕著だったのである。彼の脳はスポンジ状になっていった。私たちは、現実的かつ客観的な理由から、彼を入院させる必要があると判断した。レバノンの女が私たちを除外した委任状を偶然にも見つけたのはそのときだった。そして、一つの事は別の事を引き起こした。彼に残された財産目録を求め、彼女はサンパウロへ父の弁護士を探したということを私たちは知ったのである。リオのアパートはすでに彼女の名義に移されていた。持参人払いの株式と、当初は、彼と私にしか開けられなかった金庫に彼が保管していたもの全てをもって消えてしまった。あらゆる会計と投資の金額も消去してしまった。私たちが説明を求めると、しゃがれ声で、彼の家や建物に入るのを禁じた。弁護士の入れ知恵だった。その場面というのは地獄絵図だった。私たちが彼女と対面すると、見開いた目で、黙ってじっと話の一部始終を見ていた、ベッドの父を前にして、彼女は叫び始めた。私たちが彼から盗みを働こうとしている、そこに私たちがいるというのは、彼から盗みを働くためだと彼女は叫んでいた。彼がそのときまだどのくらい理解していたのかはわからない。超人的に力をふりしぼり、大きく見開いた目で私の方を見て、一度ならず、ただ一つの言葉をやっと言うことができた。「恥知らずが！」。父が口にするのを聞いたなかで、最後に意味を成したことだった。私と姉は差し止めの裁判に入った。全ては何カ月も続いた。そんな最中に、パリでの仕事が私に与えられた。またとない、断れるはずのない機会だった。裁判が進んでいるなか、私は旅立った。三カ月後、姉が電話してきて、最悪の事態を覚悟しなければならないと告げた。最悪な事態というのは（裁判所の命令を所持した上で）父のアパートへ強制的に入って、裁判所職員一名（もし必要なら、警察官）、医師一名、看護師二名をつれ、彼の意思（まだいくらかあったのかどうか――知る由もなかったが）に反して父をベッドから連れ出し、救急車に乗せ、急いでサンパウロへ運ばなければならないということだった。パリからの直通便で私はリオに到着した。姉と、あんな状態の父を受け入れようとした唯一の、サンパウロでは少しも評判になっていなかった病院への入院を一から手配してくれた彼女の友人である医師と夕食をとり、翌朝、私たちは救急車で裁判所職員とサン・コンハッドの建物までむかった。レバノンの女にもすでに知らされていたので、彼女も何が起きているのか知っていた。彼女は息子と弁護士をつれて私たちを待っていた。アパートから父を連れ出したとき、彼女はあいかわらず泣き喚こうとしたが、そういう運びになり始めると、息子と弁護士が遮り、彼女にどうにもならない、もっと悪くなってしまうと納得させると、彼女はもう騒がなくなった。どのくらい父が理解していたのかはわからない。彼の目の表情はわからないというのと同様に怖いという感じだった。ときどき、私は何をしたのかわからなくなり、後悔しているのかどうかもわからなくなる。誰に道理があるのかもわからなくなる。そして、もし意識を失う前に、本当に彼がそれを失っていたらの話だが、父があのアパートで、あの女のそばで死ぬことを決めていたというのだとしたら？　持っているもの全てを彼女に与えると決めていたのだとしたら？　サンパウロまでは救急車で五時間かかった。私と姉は父のそばへ行った。全部、うまく行くからと言いながら、私は彼を落ち着かせようとしたのだが、わからないということだったのか、諦めのこもった非難ということだったのか判然としない詮索するような眼差しで、彼はじっと私を見つめながら、私の言葉そのものの偽りだけを聞き取ることしかできなかった。私の目の奥に真実を見ていたに違いない。私の言っていることとは反対で、一切がうまく行きはしない、うまく行くはずもない、と。病院に到着すると、姉の友人である医師がすでに私たちを待っていた。父は救急部署の二人部屋へ運ばれた。ベッドが二台ある寝室のついた、準集中治療室だった。もはや彼を受け入れてもらえたのは奇跡だった。近くの寝台の人物は死につつあった。病院に受け入れられるように、医師は父の病気の診断を省いていた。誰もあの病気が何なのかも、彼の感染の度合いもわからなかった。そのうえ、死がおとずれるのを待つほか手の施しようはなかったし、それを数カ月のあいだ待つことになるかもしれなかったので、誰もあえて彼を受け入れようとはしなかったのだろう。彼の患っていたことの原因はわからなかったし、私や姉も患うかもしれない遺伝性の病気であるという仮説も捨てられはしなかった。それは、感染ということに関しては全く異なっているが、少なくともその影響や兆候においてはクロイツフェルト・ヤコブ病の変種であると明らかになった、イギリスでの狂牛病の危機が噴出するほんの少し前だった。その病気には機能障害を起こしたタンパク質に汚染された肉を摂取することで罹る可能性があると疑われ始める前だったのである。最初の夜にはすぐ、看護婦たちが病気の表や診断が行われていないのを理由に、何かが確かではないと不審に思い始めていた。彼女たちは父に近寄るのを避けたり、病室に入るときはいつもできる限り用心したりしていた。あの救出作戦のため、特別に私はパリから来ていたが、それから三日したら戻ることになっていた。私は姉と、病院で最初の三夜を私が過ごし、日中は彼女が来るという取り決めをした。病室のもう一人の患者はひとりぼっちの男で、訪問客をむかえることも稀なので、私は父の傍の小さなソファーで三夜を過ごす羽目になった。夜の空気は息苦しいものだった。病室には、看護婦たちが父の口が感染している影響と診断した、鼻につく臭いがあった。どんな緩和治療でも不十分であった。入院から三カ月経ち、身体の機能と臓器が徐々に欠落していくという、彼の死はこの上なく恐ろしいものだっただろう。看護婦たちは何が彼を待ち受けているのか知っていた。しかし、私には考えが浮かばなかった。姉は一人、待つことになったその数カ月の責任と感情の重さと格闘した。ついに、葬儀の前夜、死を告げるために私に電話をしてきたとき、最後、彼は悲嘆に暮れていたと彼女は私に言った。私は想像しないように努めた。葬儀のために戻ることもしなかった。

最初の夜は実質、起きたまま過ごした。父の苦しみが私を眠らせなかったのだ。彼はヒューヒューと音を出し、時折うめき声をあげ、何かを言おうとしていた。私はむなしくも彼を落ち着かせようとした。私たちがやって来たとき、寝台の傍のカーテンは閉められていた。夜中、もう一人の患者もぶつぶつと呟き始めた。たびたび、一人の看護婦が何かの注射を打ちにやって来た。彼を初めて見たのは朝になってようやくのことだった。真っ白な髪をし、青い潤んだ瞳で、かなり痩せていた。そこへ朝の十時頃に、一人の青年が病室に入ってきて、私におはようございますと言い、その老人に挨拶すると、椅子を引き寄せ、寝台の傍に座って、袋から一冊の本を取り出し、読み始めた。私の姉はまだ来ていなかった。その青年は英語で読んでいた。私が驚いたのは、若い頃にお気に入りだった短編の一つ、ジョゼフ・コンラッドの「秘密の同居人」の最初の数行だとわかったことだった。青年には訛りがなかった。ポルトガル語にも英語にもなかった。バイリンガルだった。中西部のアメリカ人のように話していた。「私の船室と私の思考の秘密の同居人が、あたかも第二の自分であるかのように、刑に服すため、水のなかに沈んでいった場所を示している、後に残していった自分の白い帽子のきらめきを私はまだ垣間見ることができた。一人の自由な男は、新たな運命へとむかい、水をかいていく誇り高き泳者であった」。その短編を読み終わると、立ち上がって、その老人——私と同じように、無関心に二時間以上のあいだ話を聞いていた——に、次の日、また来ると言い、頭の身振りで私に別れを告げ、帰っていった。私は困惑してしまった。看護婦が戻って来たとき、私は彼女に父の病室の連れは誰なのか尋ねると、彼女は見当もつかない、そこの看護師のグループでは新米だと答えた。夜勤の看護婦ならきっと私に教えてくれるだろう。その晩、私はその階の婦長を探した。そして、彼女は知っていることを私に話してくれた。父が病室を分け合っていたのは八十歳のアメリカ人で、彼はブラジルに長いこと住んでいた。「ここには彼の親戚も、友人も、誰一人いないんです」。彼が死ぬ前、アメリカ合衆国の息子を探し出そうと試みられていた。その老人は、容態が悪化し始めると、保護施設から病院へ送られてしまった。癌を患っていたのである。彼に残された日々は数える程度になっていた。私はあの朝に会った青年が誰なのか、家族なのかどうか尋ねた。老人がやってきた保護施設を経営している慈善団体、アメリカの宣教師によって創設された協会が契約した付添人ということだった。「その青年は何年も付き添っているかのようですね」、廊下で婦長は私にそう言った。

　翌日、時間通り、十時に彼はそこに来ていた。同じ本を開き、そのときは『ロード・ジム』の序文を読み始めた。「太陽の出ている朝方、東洋の海岸の凡庸な背景のなかに、私は、感動を呼び起こすような、その神秘的な雲におおわれ、完全に沈黙して彼が通り過ぎていくのを見た。彼はまさにそういう風であったに違いなかった。でき得る限りの共感全てでもって、彼の態度にふさわしい言葉を求めることは私の義務であった。彼は我々の一人であった」。二時間のあいだ、無関心な老人にむけて読んだ。その病人が彼のことを理解していたのかどうかはわからなかった。前の日と同様に、一章が終わると、立ち上がり、老人と私に別れを告げ、帰っていった。私は彼の後を追って部屋を出た。エレベーターに乗る前に、私は彼に追いついた。毎朝、大きな声であんな風に読み聞かせを続けて、その老人がどのくらい理解しているのかと尋ねた——父が私の言っていることをどのくらい理解できるのか知りたかったのだ。「いつも同じものを読んでいるんです。彼が一番好きだったテクストを。それが私にできる最低限のことなんです」と、青年は答えて、帰っていった。

　姉は前日と同じように、お昼どきにやって来た。私は散歩し、頭を冷やそうと外に出た。五時に約束があり、昼下がりのうちに出る必要があると、彼女は私に言った。私が戻って来ると、私は、父とその老人だけになり、突然、私たちが病院にやってきて初めて、その老人が揺れ動き始めた。英語で話していたが、私には時宜を得ず、辻褄も合っていないように思えた。私は彼にモルヒネ注射をした看護婦を呼んだ。彼は一晩中眠った。朝方には、いつもの時間に青年がまたやってきて、『ロード・ジム』の音読を続けた。しかし、以前とは逆に、そのときは何度も、老人がまた揺れ動き、理解できないことを言い、青年が読んでいるのを中断させ、老人を落ち着かせるためにベッドへ来るように強いていた。彼はもがき、立ち上がろうとした。私がわずかに理解できた限りでは、訪問者、前触れもなく、いつの瞬間にやって来るかもわからない人、彼が何年ものあいだ待ち続けてきた誰かを、待っているのだと話していた。どうにかしてドアまで行こうとしていた。青年は彼を寝かせたままにしようとした。私は助けが必要かどうか尋ねた。彼は看護婦を呼んで欲しいと頼んできた。彼女がやってきて、また老人にモルヒネを投与すると、すぐにおとなしくなった。その老人が何を求めているのか青年に尋ねたが、彼は私に多くを話さなかった。私がすでに理解していたことを彼は繰り返した。「いつも同じことを言うんです。知らせずに、いつ何時であれ、やって来るかもわからない誰かを待っているって。僕までその予想が気になってしまって、この瞬間にも誰かが入って来るんじゃないかって思いながら、いつもドアの方を見るようになり、そうするともう読むことができないんです」。

二晩のあいだ私は眠らずにいた。そのため、三日目の朝は起きるのに時間がかかってしまった。目を開けると、その老人はあの言葉が私の夢を成していたのだと理解するのにも時間がかかった。

一人で喋っていた。彼は縛りつけられて、もう座ったり起き上がったりできなくなっていた。父は、あたかも彼には恐怖しか残っておらず、他にはどんな選択もないかのように、しっかりと見開かれた目をして、じっと動かないままだった。もはや自分自身の人生に終止符を打つことさえもできなかった。私は彼の汗ばんだ額を手で拭った。彼は恐怖に満ちた目で私を見たが、もう数日間、他の表情を浮かべてはいなかったので、感じていたものが本当に恐怖だったのかどうか、あれは動きを失う前に彼の顔の筋肉が最後に収縮したものにすぎなかったのか、知ることはできなかった。私は父の湿った髪に軽く触れ、隣のベッドに近づいた。カーテンを開けると、くすんだ瞳で私を見て、黙り込んだ。私は大丈夫かどうか尋ねた。彼は黙ったまま私を見つめ続けた。私は英語で繰り返した。何か必要かどうか、看護婦を呼んで欲しいかどうか尋ねた。彼は動かさなかったが、あたかも平気だと言おうとするかのように、何らかの音を口ごもり出し、少なくとも初め、私が彼を理解した、あるいは理解したかったのはそういう形によってであった。「その……」(ウェル)。しかし、カーテンを閉じると、背後から、ある名前を耳にした。彼は私を別の名前で呼んだ。カーテンを開け、再び何か必要なのかどうか尋ねた。すると彼はその名前を繰り返した。私を「ビル」と呼んだ、あるいは少なくとも私がそう理解した。彼は私の方へ腕を伸ばそうとした。私は彼の手を取った。彼は残った力で私の手を握り、必死に、しかし同時に友人に再会しうれしくなって驚いている人の声の調子で、英語を話し始めた。「まさか？　ビル・コーエンじゃないか！　全く、やっとじゃないか！　君、私がどのくらいのあいだ待っていたか知らないだろう」。突然、妙な仕方で息をし始めた。私は何もかもろくに理解できず、不安になった。何か必要なのか、気分が悪いのか、私に看護婦を呼んで欲しいのか尋ね続けたが、彼はこう繰り返した。「ビル・コーエン！　ビル・コーエン！　何てことだ！　久しぶりだな！」と、さらに一層やかましく、理解しづらい形で、あたかも声が内臓から出てくるかのように、あたかも誰かが彼の代わりに話しているかのように。彼は私の手を握り、繰り返した。「ビル・コーエン！　どうやって私を騙したっていうんだ！」。すると、さらに一層あえぐようになっていった。「私はお前が死んでなかったってことはわかっていたんだ！」。それが、両目を裏返し、引きつけを起こす前に言うことのできた最後のことだった。私は看護婦を呼びに走って病室を出た。急いで、私たちが戻って来ると、彼はもう何も喋らず、喘息のような音を立てて呼吸しているだけだった。看護婦は私に手伝うように頼んできた。私たちは彼をベッドの拘束から解いた。彼は口を開けたまま呼吸していたが、ますます呼吸困難になり、さらにびっくりするような音を出していた。開きかけの両目。私は一人の人間が死んでいくのを見たことは一度もなかった。

遺体は朝方に運び出された。青年には知らされていたに違いない。というのも、習慣通りにあらわれなかったのである。翌日、私はもうすでにその老人のこと、あるいは彼が苦悩のうちに語ったことを考えていなかった。私が出発する日だった。私の人生はその進行方向へと進んでいったのである。父は三カ月後に死んだ。私は三年間、外国にいた。サンパウロに戻ったのは九年前だった。しかし、八カ月前に人類学者の記事を読んで、大きな声で、知らなかったが、そうであっても私には親しみがあるような気がしたあの名前を「ブエル・クエイン、ブエル・クエイン」と繰り返したときようやく、不意に以前どこで耳にしたのかを思い出し、自分の頭のなかで然るべき表記の訂正を行いながら、病院のアメリカ人の老人が誰のことを話していたのか、彼が言及し、長いこと待っていた人が誰だったのかを知ったのだった。私はこの上なく落ち着かなくなってしまった。人類学者と話す必要があった。彼女に会おうとすると同時に、姉に、次にかつて父を入院させてくれた、今では病院の院長である医師に電話をかけた。私は病気のあいだアメリカ人の老人の世話をした慈善団体に所属する誰かを見つけなければならず、彼が何者だったのかも知る必要があった。医師は彼がその晩年を過ごした保護施設の長の連絡先を私に教えてくれた。サンパウロからは五十キロ離れたところだった。一階建てで、アーチのある一つのベランダに囲まれた家だった。床は赤塗りの、焼成されたセメントでできていた。全てが非常に簡素だった。一人のかなり痩せた、色白で背の高い女性が家の外側で私を待っていた。彼女に私が調べていることの詳細のほとんどは伝えていなかったが、私たちは電話でやりとりはしていた。私は彼女にただ自分がジャーナリストであり、彼女と個人的に話す必要があるのだとだけ伝えておいた。彼女はメイヴィス・ローウェルといった。膝までの緑と芥子色のワンピース着て、同じ色の細いベルトをしていた。私に挨拶し、家のなかの事務所へ私を案内してくれた。強い訛りがあった。ベランダや庭のあたりで散り散りになって、座っている四、五人の老人がいた。私たちが通ったとき、一人だけ私の方を見たが、無関心な様子であった。残りの人たちにとっては、あたかも私は存在しないかのようであり、あるいは、あたかも彼らがもうそこにいないかのようであった。彼らは関心を示していなかった。私は、彼らの人生がどんなものであったのか、若い頃はどんなものだったのか、愛したであろう女性のこと、初恋のこと、そして私がいつも想像しようとすることだが、なぜそこにたどり着いたのかを想像しようとしていた。彼らを愛した人たち、もう愛さなくなった人たち、あるいはすでに死んでしまった人たちがどこにいるのか、想像しようとしていた。私は彼らが皆、アメリカ人なのかどうか尋ねた。ミス・ローウェルは初めに、保護施設で育てられたということなら、そうだが、今ではもうほんのわずかしかいないと答えた。茂みのすみで、クールバリルの陰にいる老人に、若い娘が本を読んでいた。ミス・ローウェルは私のその読み聞かせている子への興味を察知した。「文学に関心のある若者たちがいるんですよ。作家見習いですね。ボランティア活動ですけどね。高齢者たちを助けてあげて、彼らにとっては——つまり、その若者たちにとっては——やはりとてもいいことなんです。結局、その老人たちが物語の源泉なんですよね。それがあなたをここへ導いたものなのではありませんか?」。

「まあそうかもしれません」、家に入るとき、どう切り出していいかわからずに、私はそう答えた。

「でも、あなたはジャーナリストなんですよね……」

私はそうだと頷いた。私たちは部屋に入った。彼女は私にと椅子を指すと、木製のテーブルの後ろに場所を取り、最後にどのような形で私を手伝えるのかと尋ねてきた。私はここに住んだことがある、十一年前に死んだ老人に関する情報を探しているのだと彼女に伝えた。そして、彼女の声の調子を変え、そっけなく立ち上がらせるには、私を導いてきたことを語るだけで十分だった。「もし私が知っているとしても、あなたの出張は無駄にしてしまうでしょうね。ブラジルのあなた方のような人たちは全然わかっていらっしゃらない。人々の人生は尊重されるべきです、それが良心というものです。その人たちの問題であって、その人たちや親族にだけ公にするかどうか決める権利がある。私たちにお金はありませんが、資金が不足しているからといって、私たちの老人たちのプライバシーを軽視するようなことはしません。私たちはメディアの空いているところにまた自らを貶める必要なんてないんです」。私はあらゆる手を尽くして話し合おうとしたが、無駄だった。ミス・ローウェルは開いているドアの取っ手に手を置いた状態で、すでに私を待っていた。到着してまもなかったが、もうすでに外に置かれてしまっていた。彼女は侮辱されたと思い、失望していた。その瞬間に私が理解したのは、面会するための口実として、電話でジャーナリストとして自己紹介していたこともあり、おそらく彼女は私がその施設について書こうとしているのだと思ったということだった。財政的にかなり苦しく、寄付が必要とされていた。彼らは忘れられてしまっていたのだった。私を導いてきたのが何なのか話すまで、私を彼女の助けとなる手段だと考えていたに違いない。彼女は車のところまで誰か同行させた方がよいか私に尋ねてきた。私は道のことはわかっていた。彼女にくらいつき、私の探し求めていることを明かしてくれるように説得する気も失せ、私は苛立ちを覚えてそこを出た。私が知ることのできたかもしれない全てのことがほんの数分のうちに消え去ってしまったのだった。やって来たときに、私のことを見たベランダの老人がいるあたりを再び通った。もう私のことは見なかった。車のところまで歩いていき、ドアが開いた状態だったので、もう乗ってしまおうというところで、茂みの方をむくと、クールバリルの下で男性に本を読み聞かせていた若い娘が見えた。幻影のようだった。私はドアを閉め、彼女のところまで歩いていった。青いパジャマを着て、揺り椅子に座り、脚の上に毛布をかけている老人に、ポルトガル語で、マシャード・ジ・アシスの短編を読んでいた。私の存在に気づくと、読むのを中断して、あたかも私が何を望んでいるのか問うかのように、顔を上げた。とても感じがよいという風には見えなかった。背中の真んなかあたりまで流れている暗めの栗色をした髪だった。それと同じとき、何も意図せずに、障害のある隣人のために英語が読める人を探しているのだと私は彼女に言った。その隣人は必要なものは支払うつもりでいるとも言った。彼女にそういう仕事をしているのか、あるいはそういうことをしている人を知らないかと私は尋ねた。一瞬、彼女は私を見つめていたが、その後、確認してみて、私に電話すると答えた。私は電話番号を教えた。彼女は自分の番号は教えてくれなかった。もはや全ては運命にかかっていた。翌日、彼女が電話してきて、その仕事をやれそうだと言ってくれたとき、私はわずかながら希望を取り戻した。私のアパートで会う約束をした。ミス・ローウェルの反発を受けた後に学習していたので、電話で話さない方がいいと思っていたようだ。私がドアを開けたときになってようやく、彼女が本当に小さいことに気づいた。髪は三つ編みにしてまとめていた。そのときには、いかなるチャンスも逃すまいと決意していた。危険は犯さないつもりだった。全てをでっちあげ、隣人はその時間は眠っていて、翌週になったら彼に会い、そのときに、最終的に取り決めたように、週三回の読み聞かせを始めようと言った（会うことになっていた日の前日に、彼女へ電話をかけ、夜のうちに隣人は死んでしまったと話すつもりだった）。私たちは料金を決めた。彼女には、私が支払いをするが、それは連帯の儀式なのであって、異国に置き去りにされた、高齢の外国人を見るのは心が痛むと話した。そして、そんな具合に、私は自分の望んでいるところへ行きつくまで会話を広げていった。病院で、父が傍にいるところで、私の腕のなかでアメリカ人の老人が死んでしまったときから、全く立ち直れていないのだと語った。詳細は伝えず、あるいは私の真の目的を伝えずに、だいたいの経緯を話した。毎朝、その老人に読み聞かせをしていた青年がいて、私はその光景にいたく感動したと語った。私が誰だったのだろうかと質問するより前に、彼女は青年の名前をつぶやいた。「ホドリゴだわ。施設で私が彼と代わったんです。私にその活動を持ちかけたのが彼だったんです。私が文学部で受けていた授業の補佐をしてました」。私はわからないふりをし、彼女は、彼は今、化学関連の企業で翻訳の仕事をしていると言いながら、青年のフルネームで締め括った。私は企業名をしっかりと記憶し、彼女と別れた。

私が彼のことを見分けるのは無理なことだったのだろう。すっかり変わってしまっていたのだ。アメリカ人の老人が死ぬ三日前にやって来た同居人、「脳の病気にかかった人」、つまり私の父についてのおぼろげな記憶はあったものの、彼も私のことは覚えていなかった。私は会う約束をしたバーの客のなかから青年を見分けることができなかった。十一年も経つと、時というのは恩知らずなものである。前より太って、禿げてしまい、こめかみのあたりの髪には白髪が混じっていた。そして、それにもかかわらず、きっと三十五歳は超えていなかったに違いない。赤いシャツを着ていくと電話で彼に言ってあったので、途方に暮れ、ためらっている私を見て、奥の席から控えめに私に合図を送るにはそれで十分だった。遠回りはしなかった。私は彼に全ての経緯を話した。誰かを信じ、彼が私を信じてくれる必要があった。新聞の人類学者の記事のことを彼に話すと、すぐにかなりの関心を示し、早くも病院の父の傍の寝台で息を引き取ったアメリカ人の老人について知っていることを私に話してくれた。彼は写真家で、アンドリュー・パーソンズという名であったが、おそらく一九四〇年頃、合衆国が戦争に入る前にブラジルへやってきていた。家へ戻ることは二度となかった。一度ならず、その老人は三〇年代から四〇年代の古い写真を彼に見せていたが、ニューヨーク近くの海辺のものや、おそらくはブラジル内陸部のインディオの部族のものであった。「保護施設で老人たちに読み聞かせを始めたとき、私が一番心地よく感じたのは彼の傍にいるときでした。背が高く、無口な人で、堂々とした姿をしていました。ここにも、他のどこにも、知り合いはいませんでした。彼が死んだ後になってようやく、息子が姿をあらわしました。ある使用人がその老人を保護施設に残していき、たぶん彼に残されていたお金と一緒いなくなってしまったのです。慈善によって彼は扶養されました。というのも、彼にすべきことは何もなかったからです。病気になってしまうと、宣教師たちはほとんど無償で彼を入院させました。他の人たちと同じで、ほとんど喋りませんでした。私が読み、彼は聞いていました。もうかなり最後の頃でしたが、病院にいたとき、たびたび私を遮り、ドアの方を指差し『彼はもう来たのか？』と、言っていました。気を遣って、答えにはどんな意味もないとわかってはいましたが、私は『誰が？』と尋ねました。それがたとえ彼を生き延びさせ、興味を持たせ続けるためでしかなかったとしても、彼の傍に私がいる理由だったのです。とても悲しげでした。そして、彼は、決して喋らず、喋っても相当苦労していましたが、完璧な話し方でこう言うために残っている力を全てふりしぼったのです。『何年ものあいだ私は待ってきたんだ。到着したら彼を入れてかまわないと教えてやりなさい』。私はどうにもできず、彼はこう言い続けました。『ほら、すぐにもだ。彼を待たせたくないんだ』と。そのあと、自分の言ったことを忘れてしまい、目を閉じ、元の無関心な状態に戻ってしまいましたが、ひょっとすると諦めていたのかもしれませんね。保護施設での数少ない財産のなかには、写真の入ったトランクがありました。初め、私はトランクの存在は話で聞いて知っていただけでした。というのも、老人はそれを厳重に保管していて、誰かの頼みに応じるのではなく、彼の頭に考えが浮かんだときにだけ開けていたからです。いつも同じ物語を読み聞かせていましたが、彼のお気に入りだったのは、ジョゼフ・コンラッドの「秘密の同居人」、『ロード・ジム』か、メルヴィルが『白鯨（モビー・ディック）』で白について――白という色について――語っていた部分〔『白鯨』の第四二章「鯨の白さ」〕でした。そうしているうち数カ月後にようやく、彼がロッカーの上からトランクを取ってくれないかと私に頼んできました。あの本とあの白についての余談が写真を見返す彼の意思を目覚めさせるのにどのくらい役立ったのかはわかりません。全部を見せてくれたわけではありません（とにかくたくさんあったのです）。選別して、私に数枚だけ渡してきました。インディオたちの写真でした」。どの部族だったのか私は尋ねたが、彼は答えることができなかった。「海辺に若者たちが集まった写真もありました。若者たちは布切れを腰に巻いていました。あの写真を見せてくれたときに一度、『この世で最も美しい子供』のように、英語で何かを呟いたのですが、私は間違ってとらえてしまったようです。とても魅力的な写真でした。彼はある女性――彼の母だったのかもしれませんね――と、娘か若いときの母ということもあり得たかもしれないのですが、私が彼の妻と想像した若い娘の肖像写真を私に見せてくれました。普通の写真ではありませんでした。芸術家が撮ったような写真だったのです。最初、すぐに彼が写真家だったのかどうか尋ねましたが、私の質問に気分を害してしまいました。もはや存在しない世界の、とても古い肖像写真なのだと言いました。ある若者の写真を手に取ると、動かなくなってしまいました。水泳パンツで、袋を一つ背負い、髪は濡れていて、くっきりとした背景をかたどっているドアの敷居のところで驚きに目を見開いた若い男でした。写真を手に持って、『おや、おや、おや』と繰り返しながら、彼が笑っているのを見たのはそのときが初めてでした。彼は私に肖像写真のうちの一枚を私に渡してきました。子供の顔写真でした。誰なのか尋ねると、彼は私だと言いました」、青年は話を途中でやめ、ビールを一口飲みながら、うつむき気味で私にむかって笑いかけた。わかったところでは、その老いた写真家は合衆国に息子を一人だけおいてきたが、法律に関する問題を解決し、実際には写真と書類の入ったトランク以外は何もなかったが、その老人が残した財産を回収するために、父が死んだ後になってようやく彼が姿を見せたということだった。

どんな種類の書類をトランクに保管していたのか知っているかどうか尋ねた。それは愚問だったが、私はなんでもいいから知る必要があったのだ。手当たり次第に質問を投げかけていた。全て息子に渡されたという。どうやったら私に見つけられるか、何か思いつくことはないかと尋ねてみた。すると、驚いたことに、彼だったんだと言いながら、老人がもう頭が正常ではなかったときにプレゼントするといってきかず、その若者はというと、しおりとして、人気のあった版の『白鯨』のページのなかに忘れたままにしてしまっていた子供の顔写真を、写真家が死んで一年後、その息子に送らなければならなかったので、昔の手帳に、家の住所があるはずですと答えたのだった。偶然、本を開き、写真を見つけ、ニューヨークの息子が興味をもつかもしれないと思ったのはようやく一年が経ったときだったのである。保護施設の宣教師たちと彼は住所を手に入れていた。家に帰ったら、私に電話して、住所を教えると言ってくれた。他にはもう何も知っていることはなかった。

情報を得て、小さなものではあったが、いかなるときも私の方の混乱あるいは狂いの可能性について不信をぬぐえていなかったので、その老人とブエル・クエインのあいだの関係に、何かなかったのかどうかをはっきりさせるという意図のもと、私は写真家の息子に手紙を書いた。聞き間違えをした可能性があったからだ。父が死ぬ直前の数カ月は特別、緊迫したもので、判断力を失っていたのである。私はむなしくも返事を待った。そんな最中に、私の取材は別の方向へ進展していた。エロイーザ・アルベルト・トーレスの公文書館を調べ、カロリーナへ行き、クラホー族を訪ねたのだった。九月、村から答えは得られずに戻って来ると、私のパズルに欠けているものを明らかにすることができるのはクエインの家族だけだと思った。私に必要だったのは、民族学者が死ぬ前に、父、宣教師、義兄に書いた手紙の他にあったとされる八通目の手紙の内容（なぜあえて姉に書かなかったというのか？　あるいは姉へ八通目を書いたというのか？）と、母親によれば、彼がいつもつけていたという、そのときの日記だった。八通目の手紙と日記が全てを説明するはずだった。手紙も日記も、もし存在するのだとすれば、家族が持っているとしか思えなかった。死んでしまっている父親と母親の他に、姉であるマリオン、義兄であるチャールズ、二人の甥と姪がいたが、その二人の名前は私にはわからなかった。もし、姉と義兄がまだ生きていたら、それは可能性の低いことだったが、九十歳以上であった。そして、息子たち、「女の子」と「男の子」は、一九四三年と記されたクエインの母の手紙で私が読んだ内容から数えると、それぞれ、七十三歳と七十九歳である。「女の子」の方は、仮に結婚していたとすれば、父の名前がなくなっているので、私が彼女を見つけるチャンスをかなり低いものにしてしまっていた。甥は私にとってより都合のよい的で、あるいは彼の息子や孫もそうであった。どうにかして彼らを見つけようとした。家系に関するサイトや、インターネットの人物検索プログラム、そして、ついには、失敗に終わった様々な試みの末、全てのうちで最も原始的なやり方で。シカゴ、シアトル、オレゴン州の電話帳でカイザーという苗字を持っている全ての人に手紙を送ったが、母とエロイーザ氏の手紙で読んで知ることができたマリオン・カイザー・クエインとその家族の可能性のある行き先についての三つの手がかりを得たのだった。私が使うことのできた電話帳のどれにもノース・ダコタにクエインという表記はなかった。念のため、シカゴ、シアトル、オレゴン州でも、いくらかクエインという人を数名選んで、彼らに同じく手紙を出した。しかし、その原始的な骨折りの後、その件に絶望し、ニューヨークの友人に電話をかけると、彼女が、もう誰も解明することのできないことを掘り起こすということで評判のテレビ番組のプロデューサーと引き合わせてくれた。彼女はエキゾチックな名前を持っていた。カナダに移住してきたインド人の娘だった。何度かEメールのやりとりをし、すでにだいたい取材の費用と時間（大手テレビ局に雇われていて、空いている時間に私のために働かなければいけなかった）について合意に達していたが、そんな折、二台の旅客機が、地球上全ての驚愕した両目の前で、ワールド・トレード・センターの二つのタワービルに到達し破壊してしまった。報道各社が世界はもはや元のままではいられないだろうと伝えていた。実際のところ、私はもう二度とそのプロデューサーと話すことができなくなってしまった。私には手紙以外の選択肢や資料は残されていなかった。百五十通以上の手紙を書き、シカゴ、オレゴンのポートランドとその周辺、シアトルの電話帳で見つけたカイザーとクエインに手当たり次第、送ったのだった。そして、不幸な一致だったが、メディアやアメリカ政界の有名人、おだやかな市民たちにまで郵便局を通じて送られた匿名の手紙で炭疽菌が送りつけられたことが原因で、合衆国がパニックに陥ってしまったときにちょうど受取人たちのもとへ全ての手紙が到着してしまったのだった。

さらにテレビのプロデューサーと最後にコンタクトを試みたが、無駄だった。補足すると、彼女の働いていたテレビ局が汚染された手紙を受け取った最初の大手放送局で、身元は明かされなかったが、まさにそれをプロデューサーが開けてしまい、治療を受けていたのだった。私が送った百五十通以上の手紙のうち、私が受け取った返事はおよそ二十通だけだった。全てはEメールで、何通かはどちらかというと親切で、何通かはそれほどでもなかったが、全部が私の探しているカイザー家とのいかなる親戚関係も否定していた。私が手紙を送った個人のなかの誰が、見知らぬ、外国風の差出人の名前を見て、テロ行為を疑うに至り、私をFBIに告発したのかはわからない。実際のところ誰がクエインの親戚であったのかもわからないし、私もちゃんと認識していないが推測はできるいくつかの理由のために——すなわち、私の真の目的に関する不信感、家族のプライバシーを守るという決心、あるいは六十二年も前に幕引きとなって、南アメリカの奇妙で疑わしいジャーナリストが調べ直そうとしている件への単なる無関心のために私を無視する方がいいと思ったのかどうかもわからない。私にわかるのは、テレビ局の編集部や下院議員や知事の事務所に殺人バクテリアの入った手紙が届くようになったとき、合衆国の他の場所でもクエインの親戚の所在をつきとめようとするのに、第二段階においてかつて試みたように、郵便に頼ることはもうできないと理解したということだった。両手を縛られた状態だった。不幸な一致により、テロリズムが、もはや彼らにとって疑わしく、もっともらしくないような諸々の理由から私が知り合うことのなかったアメリカ人たちに接近できる可能性を永久に遠ざけてしまったのだった。

そんなとき、私は返事の手紙を受け取り始めたのだった。二十一通の返事が徐々に返ってきた。最後の一通は、受取人の住所の近くに押された判子によれば、「マレーシアへ誤配送」という、ずいぶんと変わった形で到着した。付け加えると、まるで送られてくる途中にどこかで誰かがそのなかに何があるのか調べることにしたかのように、カッターで封筒の下半分がばっさりと切り落とされてしまっていた。白状すると、返されてきた手紙を困惑しながら調べると、一瞬、私の偏執症的な頭のなかで、封筒の底を円状にきれいに切ったのは内容を確認するためではなく、何かを入れるためだったのではないかと思うに至り、私は急いで手を洗い、鼻をかんだのだった。

その一方、全てが行き詰まっていくような形となり、手紙の返事を受け取れなかった後で、ひとまず脇に置いておくことにした、写真家の息子の方へ再び導かれていった。一時は、人類学者のくれた、私には当初、最も確かに思えた手がかりに恵まれた。私に足りないもの——実際に存在するのだと推測し、実際には読み解くことも、彼の絶望の核心に到着させることも決してなかった、ブエル・クエインの周囲に私を引き寄せる幅広い資料をすでに見つけた後となって、全ての話へ、特に自殺へ意味を与えるであろう、私が八通目の手紙と呼んだもの——を見つけるありとあらゆる方法が尽きてしまった、まさにそのときだったが、今度は個人的に、写真家の息子を自ら探そうと決意した。訪ねてもよいかどうか質問する手紙を、もう一度彼に書くことにした。すると、今度は、合衆国の全体を支配していた偏執症にもかかわらず、彼は私に回答したのだった。私を迎えることは拒否していたけれども、私にとってかなり都合のよいことに思えた。大した説明もなしに、合衆国が第二次大戦に加わる少し前、父親がブラジルにやってきて、家族が狂気の沙汰であったとか、あるいは逃げ出したのだとか結論したことに、もう一度たりとも知らせを出すことがなかったことだけ知っていたという。彼の父親がもう死につつあり、保護施設の責任者である宣教師たちが彼に手紙を出したとき、やっと父親のことを知ったのだった。法律関連、役所関連の問題をどうにかしてほしいと彼らは頼んできた。どんな民族学者のことも話に聞くことはなく、ブエル・クエインというのが何者なのかは全く見当がつかない、だから、私の取材は手伝えないということだった。私の関心をひく文書は持っていなかった。何も話すことはないので、もう探さないで欲しいと頼んできた。物事がそういう段階になって、公文書館の書類、書籍、存在しない人々のメモと格闘すること数カ月、私の計画中の小説（多くの人々にすでに話していたことだった）を書き進めるのを妨げ、現実はいつも私が想像し得る以上にずっと恐ろしく、驚くべきものであり、取材も終わり、本も出て、もう遅いということになったときに、ようやく明らかになるのだという恐怖によって、私を動けなくしてしまっていた、底なしで終わりのない執着の解毒剤のようなものだったが、実在の人物に会う必要があった。もう私はすでにその現実から実際にフィクションを作るつもりでいたからである。それが、他のことは欠けた状態で、私に残されたことだった。私の最大の悪夢は、昼夜を問わずあらわれるクエインの甥と姪、私に見られることなく私の両目の下にいつもいた人々が、話の全てを解き明かすもの、自殺の本当の理由、私の本を笑うべきまがい物にするであろう明白な事実を易々と私にもたらしてくるのを想像することだった。家族もそうした理由を知らなかったという唯一の証拠は、クエインの自殺から一カ月後の姉からルース・ベネディクトへの手紙だった。「私たちのうちの誰もおそらくもう諸々の事実を知ることはないのだという事実は私たちがそうしたものから解放されるのをさらに一層難しくしています」ということであるが、それでもなお、真実を隠す理由が彼女にはなかったということや、手紙を書いた後に偶然にもそうした事実を解明するようなことはなかったのだと私に保証するものは何もなかったのである。私は実在する人物を、たとえ離れていても、その話の登場人物と関係があり、たとえ私の知ることのなかったことが何も明かされなくても、あの辺獄(リンボ)で当てもなくさまようことをやめさせてくれる錨となる誰か、そんな収拾のつかない状態から私を目覚めさせ、確認されていない仮説の井戸から私を救い出してくれる誰かを必要としていた。実のところ、老いた写真家はブエル・クエインと何か関係があったということ以外のことを示してくれるものは何もなかった、あるいはたとえ彼のことを知っていたとしても、死ぬ前に彼の名前を口にしたという事実以外は——もし本当に口にしたのだとしたらの話だが。彼は単純にブエル・クエインの話を聞いて、私のように、その話に興味を持ち、ちょうど私が合衆国へ行こうとしていたように、ブラジルへやってこようとしていただけだったのかもしれない。私は少なくとも一つの確信と共にニューヨークへの飛行機に乗った。もうこれ以上何も見つからないとしても、やっと小説が書き始められるだろうという確信だった。弱りきった好奇心という状態に私は陥ってしまったわけだったが、写真家の息子という姿がついには私を幻滅させるだろうと信じていた。

合衆国に足を置いた日にフィクションが始まった。二〇〇二年、九月十九日付けのニューヨーク・タイムズは、飛行機内で配られていたが、ペンタゴンの新たな戦略を伝えていた。情報を――必要があれば、たとえ虚偽であっても――国際報道機関を通じて普及させること、「外国の視聴者に影響を与える」ためのありとあらゆる手段を利用するということだった。十カ月間、私はニューヨークへ戻らなかった。最後に寄ったのは九月十一日の犯行の五カ月前だった。タワービルのない街をそのときは目にしてはいなかった。いきなり、写真家の息子に近づくことはできなかった。私を受け入れる気がないことはすでにはっきりとさせていた。私は彼に電話をかけることも、会おうとして街にいるのだと言うこともできなかった。何の準備もできていないうちに彼をつかまえる必要があった。辛抱しなければならなかった。そして、私はそのための準備ができていた。必要になる時間をとどまるつもりでいたのだった。おとずれる時の機会を逃すわけにはいかなかった。ただ想像していなかったのは、機会はかなり早くにおとずれることとなり、あまりにもたやすいものになったということだ。数しれない計画を私は立てていた。何よりも、彼の顔を知る必要があり、その当時まで彼を見たことは一度もなかったのだ。彼のだいたいの年齢を知っていたが、彼は写真家がブラジルへ出発する前、大戦前に生まれていたわけで、最低でも六十三歳に違いなかった。最初の日の午後すぐに、彼の住んでいる、門番のいない建物まで行った。地区のことを認識し、通りを散歩しているのを偽り、かなりためらった後、彼が家にいることを確かめるためにインターフォンを押した。たとえ彼の声を聞くだけになっても、押して、黙っていようと考えていた。一人の男の声が対応に出たが、特別、歳を取っているという様子ではなく、彼の声でもそうでもないような、ひょっとすると彼の息子の声かもしれなかった。そして、例えば、あなたに渡す注文の品があるなどというような、とにかくなんでもいいから話をでっちあげようという考えが浮かんだのはそのときだった。たとえそのためには彼を下に降りさせ、私の方は車の後ろに隠れることになろうとも、彼を見る必要があった。道の反対側から観察するつもりでいた。私は機会を逃すわけにはいかなかった。私はシュローモ・パーソンズ氏のことを尋ねた。彼がその人だった。そして、なんでもいいから他のことを言おうとする前に、彼がドアを開け、上がってきなさいと言った。いくらかの間、開いたドアをつかんだまま、何が起こっているのかもわからず、前に進むこともできず、呆気にとられてしまった。やっとのことで、建物に入り、エレベーターに乗った。私の心臓は首のあたりで鳴っていた。八階に着くと、廊下の終わるところで、光が一筋差し込んで来る、開きかけのドアのところまで進んだ。彼は私が歩いて来る音を聞き、そのなかの方から、入ってかまわないと叫んだ。置物や本、壁掛けや家具で溢れたアパートだった。三つの高めの窓は、斜むかいの通りと公園の木々の方に面していた。黄色いラブラドールが尻尾を振りながら私を迎えてくれた。主人は私の助けが必要だと寝室から叫んだ。壁には何もない、白い寝室だった。中央には、空間のほとんどを占める、雑然とした白いシーツに覆われた立派なベッドがあった。窓からは夕暮れの陽の光が入り込んでいた。シュローモ・パーソンズはベッドの角に座っていて、乾ききったダンボール箱の上に屈み、粘着テープでその箱を閉めようとしていた。顔を上げたり、私の方を見たりはせず、私がカートを持って来たかどうか尋ねてきた。「すごく重いんだ。カートがないと下ろせないよ」と、粘着テープで彼を手伝って欲しいと頼んでくる前に、彼は言った。「まかせてください」と、前に歩み出て、私は答えた。そのときやっと、黙ったまま彼は私を見た。すると彼は立ち上がった。背丈のある痩せた人で、汚れた白髪、角ばった顔、完全に冬だというにもかかわらず、陽の光でしっかりと焼けた肌をしていた。ラブラドールはというと、彼の傍に座っていた。私は箱の周りにテープを貼った。一番弱くなっていた箇所を補強した。「あなたはアメリカ人ではないね、そうだろう?」。私は彼の方をむいた。写真家の輝き、潤んだ目はしていなかった。私は一番いい策を決断することができなかった。そういうことのための機知を少なくとも発揮してさえいれば、積極的な人物、機知のある人物というふりをし、冗談で質問をやり過ごせたのだが、私に唯一できなかったことは正直になることだった。私が何者か、どこから来たのかも言うことはできなかった。「あなたはどこから来たんだね?」。そして、そこで考える間もなく、あたかも何者かが前に進み出て、私に代わって話すかのように、嘘をつかず、私は真実を語ったのだった。すると、彼は目を見開いた。「ブラジル?」。私はすでにわずかながら後悔を覚えつつも、うなずいた。私に何が起きたのかわからなかった。全てを失う方向へ運んでしまったのだと思った。私はそのまま箱に封をし続けた。

私には数分に思えた、沈黙が数秒経つと、彼はとうとう次のように締めくくった。「冗談じゃないのか！」。彼は困惑していた。「ブラジル！　その国は私を追いかけて来るんだな」。私はわからないふりをして、笑った。私はそれでもって彼が何を言おうとしているのか、ブラジルに行ったことがあるのか尋ねた。「あるよ。残念なことにね」と、彼は返してきた。別の機会に、ああいうことを一つでも言われようものなら、私は諦めていたことだろうが、そのときは軌道に乗っているのだということがわかっていた。仕事でブラジルに行ったのかどうか尋ねてみた。彼は見開いた、皮肉っぽい目で私を見つめてきた。私が食い下がったのに驚いていた。「仕事だって？　それはいい！」。私は引き下がるつもりなどなかった。ついに、招かれたわけでもなく、何カ月も探してきた男の家に入り、しかも街に来た最初の日の午後に彼と話すことができたのだ。彼はなぜ私がニューヨークへ暮らしにきたのかと尋ねたが、箱の補強を一時中断し、もっていないのは明らかだったプロの手際をシミュレーションしながら、長い答えをでっちあげていると、彼は孤独な人で、私の言おうとしていることに実際、興味を示していたことに気づいた。それから言葉はどんな意味も持つことはなかった。私は言いたいことを言い、全くないといっていいほどの意味も生まないようにはできたが、ただ真実だけは言えなかった。ただ、真実だけが全てを水の泡にしてしまうのだった。五分のうちに、彼はあの箱に入れていたもの、シカゴに引っ越した古い友人に返す四輪自転車についてたくさんのことをすでに私に話していた。彼らは一緒に暮らしていたと理解できた。彼は私を試していたのだと思う。それでたびたび、私の方に手を伸ばして、（あたかも私が知らないかのように）

自己紹介し、私の名前を尋ねてきた。私は名前を一つでっちあげた。写真家の息子に最初の手紙を書いてからというもの、九カ月以上のあいだ、あの名前は私の頭から離れなかった。一つ不適切なことが生じたという。名前が誤って広まるということがあるなら、誤って広まってしまったのだった。シュローモというのはユダヤ人の典型的な名前で、パーソンズという苗字は、私の知るところでは、ユダヤ人とは全く関わりがない。彼は笑って、私にこう説明した。「それが私の人生さ。私の母はユダヤ人たちのために転落してしまったらしい。いずれにせよ、私は母に会ったことはないんだ。私が生まれて数カ月後に亡くなったのでね。彼女の家族はユダヤ系の、ウクライナ移民だったのだと思う。でも、私も確信がない。彼らに会ったことはないのでね。私は父方の祖父母に育ててもらったんだ」。少しずつ、物語が私の前で開き始めた。五十七歳だと言ったが、それはあり得ず、大戦前に生まれたのだから、七十三歳かそれ以上のはずだということはわかっていた。歳については嘘をついていた。見かけでは、嘘をついているとは言えなかった。真実味さえ帯びていた。強い存在感があり、かなりはっきりとした顔立ちだった。ハンサムな人だったに違いない。彼は老人一般のことも話した。私を挑発する気だったので、私が困っているのに気づいていたに違いない。全ては相対的なものだと彼は私に言った。彼自身は、十七歳で家を出て、当時、そのときの彼と同じ年齢だった、ずっと年上の男性と暮らすようになったのだと語った。私の年齢を訊いてきた。彼は驚いたふりをした。もっと若く見えると言ってきた。十七歳で彼が共に暮らすことになった年老いた男は、現在の私よりも当時、ずっと若かったのであった。全ては相対的なものだ。私は箱を閉じ終え、彼は私がドアまでそれを運ぶのを手伝った。私が出て行く前に、ちょっとお茶を飲んでいかないかと誘ってきた。私は台所まで彼についていった。流しで手を洗っていると、一瞬、彼は窓から入って来る光から身を守ろうと両目を閉じたのだったが、何とも奇妙だったのは、冬の太陽の光に対して目を閉じた彼を見たときに初めて、私が錯覚を覚えたことだった。ある角度からだと、彼は母親がエロイーザ氏に送った写真のうちの一枚、民族学者が一節の献辞と共にマリア・ジュリア・プーシェにあげたのと同じ肖像写真に写ったブエル・クエインに似ていると思った。彼はブラインドを下ろすと、私にむかって笑いかけた。彼は何て顔をしているのか、私がまるで幽霊でも見てしまったかのようだと言った。私はもう何をすべきかわからなかった。そこから消えたいと思うのと同時に、やろうとしていたことを済ませずに帰ることもできなかった。滞在を長引かせる必要があった――それはもう私には耐え難いものになっていたのだが――たとえ、あのアパートに居続けることにこれっぽっちの意味もなかったのだとしても。

私の不快感に気づいて、私が台所のテーブルに座っているあいだ、彼は、私がブラジル人だからということで、一つ、興味をもってもらえるかもしれないことがあると言った。彼は部屋へ行き、ファイルを持って戻ってきて、テーブルの上に開いた。五〇年代と六〇年代のブラジルの写真が山のようにあった。トカンチンスであろう、どこかの川の筏、リオのカーニバルの人だかり、サルヴァドールでのイエマンジャー〔アフリカ起源の神話における海の女神〕のお祭り、サンルイスの家並み、フラメンゴの埋立地がまだない頃のパン・ジ・アスーカルから眺められたリオデジャネイロのパノラマ、街の中心にある教育・厚生省の建物の傷一つないピロティ、サンパウロのイタリア・ビルとコパン・ビル〔一九五〇年代にオスカー・ニーマイヤーによる設計の曲線が特徴的な建築〕などの写真だった。彼は何人かのインディオたちの肖像写真を私に見せてくれた。彼らはクラホー族のように見えたが、他のどの部族の出身のようでもあった。「私の父は写真家だったんだ。ブラジルで人生を過ごしたんだよ。これはブラジルのインディオたちだ。誰なのかあなたはわかるかね？」。皮肉交じりであったかどうかわからなかったし、私は彼と仲違いするわけにもいかなかったが、実際のところ、会話には温情的な調子があった。挑発は無視する方がいいと思った。自分の好奇心を再び抑えようとしながら、私は写真を眺めた。私には興味を見透かされないようにすることはできなかった。彼が話す必要があると思っているのを感じ、私は協力しようと努力した。

「あなたのお父様はブラジルで暮らしたことがあるのですか？」、写真を眺めながら、私は尋ねた。

「長い話になるよ。実際のところ、私は彼に会ったことはない。母が死んだ後すぐに、彼は私たちを捨てていったんだ」

「私たちを捨てたというのは？」

「私は祖父母に育てられた。彼の両親にね。彼らは私の母を好いてはいなくて、そんなわけだから、私のことも好いてはいなかった。私は彼らに押しつけられたというわけさ」

「どうしてあなたのお父様はブラジルへ行ったんですか？」

「ちゃんと知っている人なんて誰もいないよ。私の祖父母は決してそのことについて話したがらなかった。彼はどこかの新聞社で働いていた。ルポルタージュを書こうとしていたのかもしれないな。大戦前夜にいなくなって、二度と戻らなかったせいで、戦争が勃発したときにはもう戻らない決心をして、逃げ出したという話が広まってしまった。私が生まれて一年足らずのうちに、母が亡くなった。急性の白血病、珍しい病気にかかってしまったんだ。それが私に語られたことだ。私は彼女にも会ったことはない。父はその後すぐに出て行ってしまった」と、彼は言った。すると、そこで部屋まで行き、一枚の肖像写真を持って戻ってきた。「ほら。ここに彼女がいるだろう。私の持っている唯一の写真だ」。痩せた女性で、目にはくまがあり、ずいぶんとめかしこんだ細い顔で、髪はとめられていた。特別美人というわけではなかった。鼻は尖っていた。目がそれぞれの方にむいていて、何とも言えない不思議な雰囲気があった。表情は悲しげだった。彼はこう続けた。「父は私を彼の両親に預け、消えてしまった。いつも私は祖父母を憎んでいた。十七歳になると、祖父が私を呼び、本当のことを知らなければならないと言ってきた。祖母はかなり受け身な人間だった。いつも彼の陰にいて、夫の言うことを聞いていた。祖父は一枚の紙を手に持っていた。常にわかっていたことを明らかにする日を待っていたのか、あるいは私のようにやはり驚いたのかどうかは、決してわからなかった。祖父は母のことを娼婦と呼び、いつも彼女は浮浪者同然で、私は父の息子ではなく、それゆえ、彼らと共に生活する理由など一切ないのだと言ってきた。私は娼婦の息子だったわけだ。彼らからの何かしらのことは覚悟できていたが、あんな話については考えてもいなかった。彼らが私を追い出せるとは思わなかった。彼は、うろたえ、震えながら、かなり怒っていた。

言葉もでない状態だった。彼はその紙を私に差し出した。父からの手紙で、彼が十七歳のときに送ってきた最初のものだった。私に宛てられたものだったが、彼らが開けて読んでしまっていた。封筒も日付もなかった。私は彼らが手紙を捏造したのかもしれないと思った。私は彼の字を知らなかったんだ。彼らは私から自由になりたがっていて、私の反発がどうなるかわかっていた。私は永遠にあの家から出ていくことにした。もう二度と彼らに会うことはなかった。手紙で、父は私の父ではなく、私に許しを乞いていた。もう私も大人になりかけていたので、事情を知る必要があると思っていた。私は彼によって捨てられたのではないこと、私の実の父は、私に会いに戻ろうとしたとき、ブラジルの心臓で死んだのだということを伝えていた。そういうことでもって何を伝えたかったのか正確に理解することはなかった。あたかも二人の人であるかのように語っていた。あたかも他者であるかのように、自分自身について語っていたんだ」。写真家の息子はコーヒーを入れているあいだ、そう話していた。私はもう手に持っていた写真を見られなくなってしまった。聞いていたことは信じられなかった。あたかも現実は存在しないかのように、こんな風にすればあなたを喜ばせられるかもしれないと考え、あなたの聞きたいと思うことを語るのはインディオたちだけではなかったのだ。彼はこうも続けた。「私の説は母の死によって彼はおかしくなってしまい、ブラジルへと去っていってしまったということだ。あれはもう私に会うことはできないと伝えようとしたものだったんだ。父が死んだということを伝えて、私に彼を忘れるように頼み、あらゆる責任から逃れようとしたわけだ」。

私は自分を抑えられず、呟きをもらしてしまった。「違う」。

「何だって？」、彼は、コーヒーポットを持ったまま、私の方をむいた。

「いや、なんでもありません」と、私は言い、一瞬、ブエル・クエインをそこに見たが、そのときにはもうその民族学者とは何のつながりもなくなっていたあの顔から自分のくすんだ両目を逸らした。私はインディオたちのことに興味があるふりをした。彼は自分の身の上話を続けたが、家を出た後、グリニッジ・ヴィレッジのとあるバーでのビートニクの詩の朗読会で出会ったずっと年上の男と暮らすことになったということは知りたいとは思わなくなっていたし、どんな集まりでも、展覧会、ギャラリー、どんなバーでも、詩を発表しようと集まって来る芸術家たちのどんなスタジオでも、その詩人に付いていくようになったということも知りたくなかったし、彼がただフランクとだけ呼ぶその詩人の名前も知りたくなかったし、もう彼の人生については何も知りたくなかったのだ。彼は詩を一篇読み上げた。「これから先、私は太陽の傍を歩いてゆく……」。私は道を曲がろうとしている……」と、コーヒーを差し出しながら。

「あなたは私の話が悲惨だと思うかね？」

「いいえ、そんなことはありません」、写真を手に持ったまま、私は答えた。

「写真についてはどう思う？」

「どういうことですか？」

彼は苛立った。「いいのか、そうじゃないのかってことだよ」

「すごくいいですよ。信じられないくらい……」

「そこで待っていなさい。もしその写真が気に入らなかったんなら、他のもっとおもしろい写真がある。すぐに戻って来るから」と、テーブルにトーストののった皿を置きつつ、我慢できなくなり、彼は言った。ラブラドールは、私の足元に座っていたが、主人の後をついて出て行った。写真家の息子は別のファイルを持って戻って来た。「素晴らしいから見てみなさい。私の父ではないと言うが、彼にとって不幸だったのは、遺伝子が疑いを残しはしないということだな」。

ファイルは、屋外、海辺、あるいはスタジオの、白人や黒人といった裸の男たちの写真でいっぱいだった。ブラジルのものはわずかで、ほとんどは合衆国で撮影されたものだった。そのなかに、私がエロイーザ・アルベルト・トーレスの公文書館で見た正面と側面からの、ブエル・クエインの黄ばんだ二枚の肖像写真はなかった。クエインと写真家のあいだのつながりを明らかにするものは何もなかった。

「その父にして、その子ありだな」と、彼は言って、笑った。「実のところ、彼が本当に好んでいたことは裸の男たちの写真を撮ることだったんだ。私が十七歳になったとき、送ってきた手紙で、彼はブラジルのことを『不幸な地』と語っていた。もしそんなに不幸だというのなら、どうしてそこに留まろうとしたんだろう？　どうしてそこに残ったんだろうか？　もう二度と彼の話を聞くことはなかった。どうしたら会えるのかもわからなかった。住所もなかった。祖父母に頼ることもできなかった。私はプライドが高く、反抗的な若者だったんだ。彼のことは忘れてしまう方がいいと思った。ようやく会ったのは彼がすでに死んでしまったときだった」。

私はそれ以上何も言わなかった。彼は私の正面に座った。コーヒーを飲むとき、子供のように音を立てた。普通に飲まないで、カップからコーヒーを吸い込んでいた。口を開けて食べると、口をいっぱいにしたままで喋った。ときどき、トーストの欠片を犬にやっていた。「それであなたは？これまで私が自分のことを喋っただけだが……」

「私は何も」

私にとって幸運なことに、箱を持って下りたとき、配送業者の人が注文を受けに、カートを持ってやってきていた。彼がインターフォンを押そうかというその直前に、私はドアを開け、パーソンズ氏の箱を渡したのだった。

私は帰るのを次の日に早めることにした。最初の飛行機で帰りたいと思っていた。そこですべきことはもうなかった。現実とは共有されるものなのである。ブラジルへのフライトはたいてい夜間である。私のは夜の十時に出た。早くに空港に到着すると、私が飛行機に乗る最初の乗客たちの一人となった。離陸まで十分というとき、一人の赤毛で、とても背が高く、痩せた若者が、飛行機の奥へ進むたび、客席の背もたれにリュックサックをぶつけながら、息を切らして入って来た。私の客席の上の荷物置きにリュックを置くと、私の横の窓際に座わろうと、許可を求めた。ひどく醜かったが、髪にはカールがかかっていて、鷲鼻で、感じのいい目をしていた。飛行機は十時ちょうどに離陸した。私たちは言葉を交わすことなく六時間以上飛行していた。私は眠ることができなかった。私の隣の若者も同じだった。彼は本を読んでいた。全ての乗客たちのうち唯一ついている明かりは彼のところだけだった。皆、眠っていた。私は何も読むことができなかった。私の前の背もたれにあるビデオをつけた。偶然にも、私たちはクエインが自ら命を絶った地域の真上を飛んでいた。そのとき、若者は読むのを中断し、読書灯で迷惑をかけていないかと尋ねてきた。私はそんなことはない、飛行機のなかではとにかく眠れないんだと答えた。彼は微笑み、自分も同じだと言った。眠るには、あまりにも旅に興奮を覚えていたのだった。彼は南アメリカが初めてだった。私は観光で来たのかと尋ねた。彼はまた微笑み、自慢げに、興奮した様子でこう答えた。「ブラジルのインディオについて研究するんです」。私はそれ以上何も言うことができなくなってしまった。そして、私の沈黙と当惑を前にして、彼は閉じたばかりの本に戻り、再び読み始めた。そのとき、まさしく一度、古代文明に関するテレビ番組の一つで、ペルーの荒涼とした地域のナスカ族が死者たちの舌を切り取り、もう二度と生者たちを脅かさないようにと小さな袋に結びつけるのを見たことを思い出した。私は反対の方をむき、自分の質に反して、眠ろうとした、たとえそれが死者たちを黙らせようとするためでしかなかったのだとしても。

謝辞

事実、経験、実在の人物に基づいてはいるが、この本はフィクションである。記憶と想像とを組み合わせたものである——程度の差こそあれ、直接的にしろ、そうでないにしろ、あらゆる小説と同じように。それに先立つ取材では、マリーザ・コヘアをはじめとする、多くの人たちの助けを得た。彼女がいなければ、私がブエル・クエインの存在を知ることなどなかっただろうし、この本が存在することもなかっただろう。特に、サンパウロの先住民研究センターの、私をクラホー族たちのところへつれていってくれたマリア・エリーザ・ラデイラとジルベルト・アザーニャ、そして私を迎え入れてくれたクラホー族たちの計り知れない協力に感謝する。幸運にも、さらにルイス・カストロ・ファリーア教授、リオデジャネイロの国立博物館付属図書館のアントニオ・カルロス・ジ・ソウザ・リマ教授とフラヴィオ・レアル、イタボライのエロイーザ・アルベルト・トーヘス文化会館の職員たち、モントリオールのコンコルディア大学のサリー・コール、ノース・ダコタ歴史協会の公文書館のジェームズ・デイヴィス、サンパウロ大学のマルガリーダ・モウラ教授、ワシントンの国立公文書館のサリー・クイーゼル、ワシントンの国会図書館のアーネスト・エンリッチ、ニューヨークのヴァッサー大学公文書館のロナルド・パックス、リカルド・アーント、ジュリオ・セザール・メラッティ教授の協力と援助を私は得ることができた。この人々のうちの誰も作品の内容や最終的な結果に責任はない。

最初から、個人的な話で恐縮だが、私がポルトガル語、またその言語を通じてブラジルに関心を持ち始めた頃、父から彼が高校時代に授業で使ったという古びた一冊の本を譲ってもらった。それはアメリカの人類学者チャールズ・ワグレーが書いた『ブラジル入門』（原題は *An Introduction to Brazil*）の邦訳であった。ブラジルの地理、社会、歴史、文化などを全般的に記したこの入門書を通じて、私はとりわけいくらかの有名な学者や作家の名前を知ることになったのだが、時間を経るにつれて、その書は本棚の奥へと引っ込んでいってしまっていた。

ところが、一冊の本との出会いがワグレーの本を棚の奥から引っ張り出すきっかけとなった。さらには昔に読んだきりであったレヴィ＝ストロースの『悲しき熱帯』も、一緒に取り出されることになったのだが、その一冊というのが、ここに訳出したベルナルド・カルヴァーリョの小説『九夜』（*Nove Noites*）というわけである。話の中心は若くして自ら命を絶ったブエル・クエインという人類学者であったが、（やはり個人的な話で大変恐れ多いのだが）最初に私の興味をひいたのは、ワグレーやレヴィ＝ストロースといった実在の人物の名前を、今度はフィクションのなかで目にすることになったという事実だった。翻訳を任されることになり、読み、訳したことでわかったのは、作品の冒頭や末尾の謝辞などでも示されているように、現実とフィクションの境の曖昧さがカルヴァーリョのこの作品の全般を覆っているのだということであった。現実がフィクションを侵蝕しているのか、それとも逆にフィクションが現実を侵蝕しているのか、あるいはその両方で相互に侵蝕し合っているのか。その作品を読んだ私にも、ワグレーやレヴィ＝ストロース（加えてカストロ・ファリーア）という名前が、あたかもその現実という容貌の一部をフィクションによる侵蝕で変貌させたかのように、映るようになっていた。ひょっとすると、そのとき私もフィクションからの侵蝕を受けたということになるのだろうか。

この『九夜』の作者ベルナルド・テイシェイラ・ジ・カルヴァーリョ（Bernardo Teixeira de Carvalho, 1960-）は、このフィクションのなかに自らを語り手兼登場人物として投じているが、一九六〇年生まれのリオデジャネイロ出身の作家である。一九八三年にリオデジャネイロ・カトリック大学（PUC-Rio）でジャーナリズムを修了し、一九八六年から、ブラジルの有力紙『フォーリャ・ジ・サンパウロ』（Folha de São Paulo）で日曜版『フォリェチン』（Folhetim）の編集者、パリ、ニューヨークの特派員として働き始めた（パリへの派遣は『九夜』のなかにも書き込まれている）。一九九三年に短編集『異常』（*Aberração*）で作家としてデビューし、一九九五年には最初の長編小説『十一人』（*Onze*）を上梓するが、その後も小説を数作発表している。二〇〇二年の『九夜』で、その翌年にはポルトガル・テレコム文学賞（Prêmio Portugal Telecom de Literatura Brasileira）を獲得した。行方不明になった写真家を捜索することになった外交官の物語である二〇〇三年の『モンゴル』（*Mongólia*）では同年にサンパウロ芸術批評家協会賞（Prêmio APCA）、翌年の二〇〇四年にジャブチ賞（Prêmio Jabuti）を獲得し、名実ともにブラジル現代文学を代表する作家としての地位を確固たるものにしている。また、日本を舞台の一つとした二〇〇七年の『サンパウロに陽は落ちる』（*O Sol se põe em São Paulo*）といった作品などもある。

アメリカの人類学者ブエル・クエインの死の真相を追う『九夜』はカルヴァーリョの作品のなかでも高く評価されているものの一つである。一九三九年八月――ブラジルではヴァルガス大統領の「新国家体制」が敷かれ、第二次世界大戦の勃発間近であった不穏な時代の真っ只なか――に、ブエル・クエインは実に不可解な形で自ら命を絶ったということを、「私」（カルヴァーリョ本人に限りなく近い）が、二〇〇一年九月十一日のアメリカ同時多発テロの間近に、とある新聞記事（この記事は実在する。そして、そこで主な話題になっているのはクエインではなく、アマゾンでやはり原因不明の死を遂げたドイツの人類学者のことであった）で彼の名を見たことをきっかけに取材するというのが作品の大きな筋である。しかし、それと並行して冒頭から断続するのが技師マノエル・ペルナの手紙による書簡体でのナラティヴ・語りである（書簡体という様式はカルヴァーリョが他の作品でも利用している）。「私」はクエインに関する断片的な情報を集め、自ら組み合わせ、クエインの像を構築していくが、マノエル・ペルナもまたクエインの人生のうちのわずか九夜から彼が何者なのかを語っている。両者が築いていくクエインの像はそのため不完全であるかもしれないと断られるが、かえってその欠けている部分が想像で埋められる余地を備え、読者の興味を引き立てる。本当か嘘かの区別も意味を成さないインディオの社会に置かれたままになっているかのようなクエインの死の複数の視点からの追求は、マノエル・ペルナの言うように読者からの信頼に基づくのである。この冒険に満ちた物語は、こうした時空を越えた不吉な時代の交錯、そして真実も嘘も区別なく等価なものとして相対化された世界のなかに置かれている。

タイトルについて

カルヴァーリョの小説の『九夜』というタイトルに含まれる九という数字はブラジルにおいて象徴的な意味を暗示している。例えば、ラテン語の九に由来するノヴェナと呼ばれるカトリックで行なわれる九日間の祈りとの関連がほのめかされるのである。

さらにカトリックと関わってくるのは、クエインの聞き役にまわっているマノエル・ペルナという人物のその名前である。ペルナはポルトガル語で「脚」を指し、もともとはヘブライ語に由来するマノエルというのは「神の子」の意味にも解釈され得る名前である。それも含めて考えると、クエインは、真の意図を隠すかのようにしてではあるが、マノエルに救いを求めていたということも考えられるのである。

ノヴェナには、神、聖母、聖人などに恩恵や助けを求めるという意味合いも含まれているが、喪中や葬儀の前に行なわれるなどの規定もある。クエインは、マノエルに九夜のあいだ祈るように助けを求めたが、結果として、それは自らの死に先立つものとなったのかもしれない。

遍く行き亘る曖昧さ

クエインの死の原因は結局、はっきりと示されることはない。結果として自殺したということは事実だが、なぜそうした結末をアメリカの若者がブラジルにおいて選んだのかは森の奥に失われたままである。殺されてしまうだけの過ちがあり、自分が殺されてインディオたちの立場が危うくなるよりは、一人自ら死を選ぶ方がよいと判断したのか。あるいは、そういった理由によるのではなく、弱りきった精神が陥った狂気により自死へむかっていったのか。しかし、終盤に「私」の父についての記述のあるように、いわゆる脳に影響のある難病を患いながら、時折、整合性が必ずしもあるとは思えないものの、現実との接点を見出そうとするときがあるとすれば、クエインの自殺も完全に狂気によるものと言い切れない。つまり、精神的な問題によるのか、肉体的な問題によるのか、あるいはその両方が複雑に絡み合ったことによるのか、死の理由が様々に推測されるが、ひょっとすると、いずれを当てはめてもよいのかもしれない。一つの死が様々な死の原因を示すというそのこと自体に意味があると言えるのではないだろうか。

どこか曖昧でアンバランスであるのは彼の死の原因に留まらない。彼がブラジルへやって来るのは人類学の研究調査のためであり、一種の科学への奉仕だった。属しているアメリカの社会にどこか馴染みきれない若い学生たちを受け入れていたルース・ベネディクトに師事していたクエインは、チャールズ・ワグレー、ルース・ランデス、ウィリアム・リプキンと共に、独裁政権下にあった不穏なブラジルへと派遣される。当時は首都であったリオデジャネイロの国立博物館のエロイーザ・アルベルト・トーレスはアメリカの人類学者の一団（リプキンについてはある種のスパイであったようだが）の面倒を見ていたが、必ずしも彼らとの関係は、作中に載っているクエインを欠く集合写真のように、微笑ましいものではなかったようである。ヴァルガスの独裁政権における厳しい監視や活動の制限に直面して、不安のなか、彼らが行おうとしたのは科学的な調査および研究であった。しかし、クエインは科学的な知見を持ちながらも、芸術とりわけ音楽に魅了されている。行く先々で必死にピアノを探すほどだったというが、そうした姿は物事を科学的に判断しようとする学者のイメージとは対照的である。医師の息子で、動物学を志していたということもあり、理知的な側面がある一方で、ひょっとすると父への反目などにもよるのかもしれないが、繊細な感性も備えていたのであろうか。どちらも備えていたが、どちらかを選びきれていないために、そうした対照的な姿を捉えられたのだろう。

　性愛に関する話題や金銭に関する話題などでも、彼はどういう人物なのかはっきりしない。既婚者とプロフィールには記されていたというが、本当に結婚していたのかは明らかにされていない。インディオの社会における調査で、女性を同伴している方が都合がよいということはあったらしいが、彼は一人で調査にむかっている。クラホー族のもとにいたときには、手紙を受け取り、妻に裏切られたというが、それが彼の姉ではないのかとも「私」は推測し、一種の近親相姦を疑う（作中にも記されているように親戚を自分で選ぶ先住民の社会の規則を頭の想像のなかで適応したのか、それとも実際にそうしたタブーな関係が結ばれていたのだろうか）。しかし、一方で、彼が最初にフィールドワークしたフィジーでは男性の写真ばかりを撮っており、ホモセクシャルあるいはバイセクシャルであった可能性も否定できない。経済的には恵まれていたようで、レヴィ＝ストロースの旅に同行したルイス・カストロ・ファリーアの話すところでは裕福であることは知られたくないところで隠していたという。だが、エロイーザ・アルベルト・トーレスへの手紙などを見ると、金銭面でずいぶんと苦労していたことが伺える。人によくしたり、助けようとしたりする反面、周囲からの助けに支えられている（ずいぶんと酒に酔い周りを困らせたことも思い出される）というこの不安定な彼の姿は死の原因とも関わっていそうな節がある。

　自らが救われることと誰かを救うということは、このように不安定なクエインに重々しくのしかかってくる問題に見える。彼はもはや「世界に行くところがない」と思えてしまうほど、あちこちを旅しているが、それはまるで家族（特に父）から逃れようとしているかのようである。ブラジルでは、異国での孤独から自分を救おうとするかのように、ピアノを求め、インディオの言い伝えでは死の予兆とされる鳥には恐れを覚えはしなかったというものの、友人の手紙では性病などの病気への不安を吐露している。さらに、世界は大戦が間近に迫り、ブラジルでは独裁政権下の厳しい統制が敷かれていた不穏な時代というのも、自らを救おうとするクエインにとって重苦しいものであったのは間違いない。そして、そんなクエインの苦痛をいくらか和らげていたかもしれないのが聞き役のマノエル・ペルナであった。

そのように不安を抱えていたクエインは他人を助けようとし、また彼のもとには助けを求める人が寄って来る。ルース・ランデスとの手紙のやり取りのなかでは、クエインは彼女の身を案じて、いくらかの助言を伝えている。船員として世界を旅していたとき（こうした経験に絡める形で作中に示されているのはジョゼフ・コンラッドの「秘密の同居人」と『ロード・ジム』である）、上海で知り合った祖国を離れたいと望む中国人をアメリカへ密航させようと手助けするが、それは失敗してしまう。また、ブラジルでは、マラリアが猖獗を極めているところ、パニックを起こした宣教師たちの一団をたまたま持っていたキニーネで救うものの、はっきりとしたことはわからないが恐怖に怯える生活を送るクラホー族から救って欲しいとすがられることにはこの上ない悲しみを覚えている。死なずに生きていれば、「文明」からの暴力による虐殺からインディオたちを救っていたかもしれないと作中で言われているが、ひょっとすると、クエインはインディオたちの「未開」

の社会のなかで何かタブーを犯したのかもしれない。ただ、それはカルヴァーリョの意図的な、あるいはやむを得ない映画的な物語の編集によって、あったのかどうなのかが曖昧にぼかされている。「私」が言うように、集められたパズルのピースをつないだことで築かれたイメージなのであり、また、マノエル・ペルナが言うように、そうしたクエインの不安定なイメージをめぐる物語は聴く者つまり読者からの信頼に支えられ、そしてそれを解釈する能力に委ねられるのである。インディオたちのなかでは本当も嘘も等価であるように、何が真実なのか嘘なのかではなく、問題は全てをどう捉えるかということにあるのだ。

加えて、クエインの死をめぐる物語に時折挟まれるのは、そうした「真実」と「嘘」、ひいては「現実」と「フィクション」の関係への考察、ある種のメタフィクショナルな観点の提示である。先のマノエル・ペルナ（ある意味、この名前は「神の子」を意味するとも解釈されるマノエル、「脚」を意味するペルナがそれぞれ抽象と具体を持ち合わせていることを暗示しているかのようである）の物語の在り方についての考えの他に、印象的なのは「私」がクエインの足跡を追い、紹介してもらった人類学者と同行したクラホー族の村で、「フィクション」という概念を説明しても理解されないという場面である。この箇所を読むと、「フィクション」というのは思われているほど普遍的に適応できるものではないのかもしれないと考えさせられる。現実もフィクションも互いに明快にされるわけではないのである。それらは互いに侵蝕し合うのであって、例えば、まさにこの『九夜』を書こうとする「私」が最後の手がかりを求めてシュローモ・パーソンズを訪ねようとするときに覚える、「事実」あるいは「現実」が「フィクション」を台無しにするかもしれないという不安は、こうした実在の人物を題材としたときにあり得るリスクであると言えるだろう。こうした「現実」と「フィクション」の関係を描くというのは、カルヴァーリョの作品を特徴づけるものである。例えば、また、「ただリハーサルしているだけ」(Estão apenas ensaiando) のような短編は、劇場の外の「現実」と劇場内の「演目」とが舞台に収斂していくまでが、短い紙面で見事に書き上げられている。カルヴァーリョの最初の短編集のタイトルでもある「異常」(このタイトルの語がほのめかすのは、常軌を逸した行為、写真の像の「ぼけ」、精神の異常などである) は、アムステルダム市立美術館で見つけたポストカードに映っていた、行方不明となった主人公の美しいおばを世界各地で追い求めるという話だが、『九夜』に見られる題材でもある、誰かの死をめぐるミステリー、そのミステリーの手がかりと真相の追求、狂気、性、そして「現実」と「フィクション」といった要素を含んでいる (ちなみに写真という題材はカルヴァーリョの作品でたびたび物語に組み込まれ、考察されるものになっている)。こうした題材は登場人物たちの数奇な運命とその結末を描いた小説『十一人』にも見られるが、この作品で関心を惹くのはキルと呼ばれるブラジルへやって来たオランダ人の芸術家である。精巧な世界各地の通貨を作り、市場に挑戦する形で流通させるという彼の作品について触れられているが、ブラジルへやって来た「異邦人」と現実を侵蝕しようとする芸術というモチーフは『九夜』にも引き継がれているカルヴァーリョのスタイルのようである。

また、「パラテクスト」の観点から作品外に目をむけてみても、同じように「現実」と「フィクション」の相互侵蝕を見つけることができる。冒頭の献辞、そして巻末の謝辞とクレジットがまさに「現実」と「フィクション」の境となることで、二つの領域を区切るというより、かえって互いをより曖昧に侵食させる。ちょうど、小説の冒頭のマノエル・ペルナの手紙に書かれているように、「ここまであなたを導いてきた真実と嘘が意味をもつことなどない」形になるのである。『九夜』の「パラテクスト」が「現実」に属するのであれ、もはや「フィクション」の一部と化しているのであれ、どちらであるかを判別する必要はないのだ。

さらに、現実とフィクションの混ざり合い、そのどちらにも傾き得る曖昧さ（ただし、あくまでも全体としてはフィクションであるという前提が少なくとも設定されている）を示す要素としては、掲載されているいくつかの写真もその一つに挙げられる。献辞がジュネットのいうテクストと本（フィクションと現実）の堺を成す「パラテクスト」であるとすれば、小説のなかに置かれた「実在する」写真はさしずめ「パライコン」とでも言えるだろうか。写真にイメージとしてあらわれるクエイン、エロイーザ館長、ルース・ランデス、チャールズ・ワグレー、ルイス・ジ・カストロ・ファリーア、レヴィ＝ストロースらは現実とフィクションにそれぞれ片足を置いた状態で、その限りにおいて本の外と内に漂うのである。しかし、その写真には、クエインの姿はない。彼の肖像写真は作品のなかに残されているが、集合写真には不在のクエインはひょっとすると、もう本の外に出ていったのかもしれない。

こうした作品に（そしてその外にすら）遍く行き亘る曖昧さは読者を惹きつけるところであろう。

「観察する人類学者」か「苦悩する人間」か――二つのフィールドワーク

クエインは短い生涯のなかで人類学者として二つのフィールドワークを行なうことになったが、その対照的な結果がカルヴァーリョの作品のなかでも重要な意味を帯びている。最初のフィールドワークは太平洋上のフィジーのヴァヌア・レヴへの旅であった。この旅での研究は首尾よく成功したようで、クエインの死後ではあるが、実際に彼の著書として『首長たちの飛翔』という本が出版されている。

それとは対照的に、不穏な空気に覆われた当時のブラジルへやって来たクエインはアマゾンの二つのインディオの部族を訪ねるが、その結末は研究に関するいかなる記述も残さず、自らの死をむかえるというものだった。最初に訪ねたのはトゥルマイ族、その次がクラホー族であった。作中のマノエル・ペルナの書簡のなかでは、クエインがトゥルマイ族のもとで、死の兆候に遭遇したということが語られている。また、フィールドワークの実践のためにその部族のもとへ訪れたにもかかわらず、期せずして彼は敵対する部族の不満を買ってしまうことにもなった。本人の意志とは関係なく、クエインは、選んだ部族の社会を可能な限り、近くで、しかしあくまで外から客観視するように努めようとしても、学者という枠から離れて、一人の人間として彼の本来属していたものとは異なる社会に引き込まれてしまうのである。滞在先で一人になろうとしても、部族の人間たちが彼の生に干渉しようと近づいて来る。ブラジルに来て、アマゾンの部族を訪ねに行く前から、プライベートな領域が干渉されるのを避けていたクエインがブラジルの先住民たちに対して否定的な言葉を残しているのは、そうした学者としてではない個人的な判断に拠るところが大きかったのであろう。

トゥルマイ族の訪問の後、クエインは、「私」の幼少期の経験を通じてもある種の「地獄」と映っていた、シングー川の近くに暮らすクラホー族のもとへむかうが、そこが彼の旅の終着点となってしまった。先にも触れたように、彼の死の原因には家族との不和も一枚かんでいたのかもしれないが、それだけが決定打となったわけでもなかったようである。クラホー族たちの状況は作品を通じて伝えられている限りでいえば、部族間の対立というよりも、「未開」と「文明」(この二分法は必ずしも完全な形で支持されるものではないが便宜上、仮にこう記しておく)が衝突するというものであった。シングーという地獄へと追いやられたクラホー族は、「文明」側の農園が「所有」する牛を「盗んだ」と見なされ、暴力によって虐殺の犠牲者となった(ちなみに「私」の父も国に許可された形で広大な土地を破格の値段で手に入れているが、ある意味で、これも「文明」側の間接的な暴力のあらわれであろう)。結局、クエインが望むように「純粋に」他の社会との関係を結ばずに存在している「未開」の社会というものは存在しないのである。クエインは生きていれば虐殺からインディオたちを救ったかもしれないと語られているが、実際には彼らを救うことはせず、さらには自らを救うことさえできなかった。そもそも、不安をかかえ、それから逃げるかのようであったクエインよりも絶望的な状況にあったとはいえ、クラホー族たちに救いを求められたことがこの人類学者の直接的な自殺の原因であったのかもはっきりとはしない。とはいえ、ブラジルの辺境において、観察する人類学者は、何か漠然としたありとあらゆる不安や苦悩を抱えた人間の姿へと否が応にも立ち戻されてしまったが故に、死という結末を避けられなくなってしまったのではないだろうか。

「未開」と「文明」

カルヴァーリョの『九夜』の時代背景として、二十世紀前半のブラジルにおけるインディオをめぐる国策というのは重要なものの一つである。この時代の歴史に関する研究の数は枚挙に暇がない。ただ、今となっては、カンジド・ロンドンやインディオ保護局を介した働きかけの負の面にも焦点が当てられるようになっている。当時、ブラジルは国のシンボルの一つとしてインディオを祀り上げ、辺境の衛兵としての働きに期待し、彼らを「ブラジル国民」に編入しようとしていたという。インディオたちの勇敢さ等を称揚したりはするものの、実際には、「未開」というレッテルを貼りつけ、「文明」の水準に引き上げなければならないというのが国の大まかな考えであった。そのなかでときには軋轢が生じ、流血の事態を招いてしまうこともあったというのが、クエインの滞在していた時代のブラジルであり、そして現在も「未開」と「文明」という区切られた領域のあいだで問題は継続している。

こうした「未開」と「文明」という関係はブラジル文学において一種の伝統と呼べるものになっている（この二分の仕方自体に問題があるかもしれないが、便宜上、ここではそのように記しておく）。エウクリデス・ダ・クーニャ、オズワルド・ジ・アンドラージ、マリオ・ジ・アンドラージ、ギマランイス・ホーザなどの時代の異なる作家であっても、ブラジルという空間において広い意味での「未開」と「文明」の対話は脈々と受け継がれているのである。カルヴァーリョのこの『九夜』もまた興味深い「未開」と「文明」の対話が含まれている。

人類学者が南米も含めたアメリカのインディオたち（そもそもその呼び方がヨーロッパ人による対象化という背景をもっている）を研究すると、一見彼らの存在を認めているようではある。しかし、伝統的な生活にのみ暮らすようなインディオたちにとって、必ずしもそうした科学は意味を持つわけではなく、その学問において彼らが主体となるわけでもない。クエインや他の人類学者にとっても、研究の主体と対象の関係が崩れなければよいのかもしれないが、このフィクションにおけるクエインのように研究対象としている人々たちの社会のなかに引き込まれてしまうと、関係が崩れ、消えようとしている社会であれば、その苦痛も引き受けなければならなくなる。そして、小説における「私」と同様に、文学（フィクション）の話をインディオにしても理解されないことが示しているように、（なぜなら彼らには本当と嘘の二分法が意味をもたないからだ）インディオたちを対象化することができず、彼らからそうした意図を理解されることもない。「文明」とされる方が、「未開」の人々を守るため、主体的に暮らすことを促しても、その人々が「文明」を頼りにすることもある。

そうしたことがよくあらわれているのは、クエインの足跡を追い、「私」がクラホー族のもとを訪ねるところである。「私」は人類学者の親子に同行して、クラホー族たちの社会で生活するが、彼はその部族の儀式、食文化に適応することができない。その「私」の不適応はインディオたちを困惑させるが、部族の人間は「文明」に対して思いのほか抵抗を示さない（彼らが「文明」の対立項であると見なすのは、ひょっとすると「私たち」が責任を押しつけているだけなのかもしれない）。パパルートと呼ばれる料理を食べることのできなかった「私」はこっそり持参したチョコレートバーを口にするが、それをクラホー族たちに隠すことができないと観念し、差し出すと、彼らは夢中で平らげてしまう場面がある。そうした形で「文明」の物を教えてしまったことにより、「私」は常におねだりするように彼らに物を要求されるという厄介な状況に置かれてしまう。クエインもまた子供のようにすがってくるブラジルの人間にうんざりすると吐露しているが、それは、そのときに自分とは違うと思っていた相手が何より離れたいと考えていた世界を思い起こさせる自分に似た存在だとわかってしまったために生じた嫌悪感と言うことができるかもしれない。結局、いわゆる都市などに象徴される「文明」と呼ばれるものが物質的な豊かさをインディオたち、「未開」などと呼ばれる空間の人々に示してしまうことで、もはやお互いには無関係でいられなくなってしまう。

そして、インディオたちが禁欲的で、質素を好むとは限らない。質素に映るとすれば、単に物資が欠如しているということもあり得る。だから、彼らは「文明」に助けを求めるのである。物質的に豊かな人々があらわれると、途端にそうでない人々を貧しくしてしまうのである。「私」へのインディオからのカメラの図々しい要求は、ある意味では、「文明」に対する仕返しであり、当然の権利なのかもしれない。置き去りにしていったことへの復讐……。「未開」に対して「文明」が魅力を覚えるように、「文明」が「未開」にとって魅力あるものとして映らないとは限らないのである。

名前の変容

クエインは『九夜』においていくつか異なる名前で呼ばれている。ブエル・クエイン、クラホー族によって与えられたカントゥヨン、フランスの人類学者アルフレッド・メトローの覚書に書かれたカウワン、そして「私」の父の横に寝ていた男の口にしていたビル・コーエン。全ての異なる呼ばれ方は同じ位相にあり、たとえ時代が異なっていても常に「今」、「現在」に残り続ける。

近代兵器による暴力の吹き荒れた第二次世界大戦、検閲や厳しい取り締まりの新国家体制、そして、自爆や生物兵器による同時多発テロ。世界は、考えてみれば、逃げ場がどこにもない。どこにいても、危険はつきまとう。兵器や抑圧的な制度ばかりではない。病もいたるところへ入り込む。それも身体ばかりを蝕むわけではない。精神もまた危険にさらされる。クエインのように、あらゆるところへ行けたとしても、やはり彼と同じくどうしようもない孤独に置かれてしまうかもしれないのだ。「私」が常にクエインの影から逃れられないのは、結局のところ、彼の苦しみは「現在」の苦しみにほかならないからなのだろう。移動しすぎることで、かえって移動の対極にあるかたつむりというイメージがクエインに与えられるという皮肉。「この世界ではもう行くところがない」。どこへ行こうとも、常に「ここ」に留まっていることになる。あらゆる意味を引きずりながら、常に現在にへばりつく「カントゥヨン」。どうしようと、「今」、「ここ」、「現在」にいなければならない、カタツムリ、「カントゥヨン」の苦しみだ。引用されているフランシス・ポンジュの詩では、そのカタツムリが重荷を背負った聖人としても描写されている。「私」たち全員がそういう意味では、苦行にある聖人のように生きているのかもしれない。

作中のインターテクスチュアリティ——ポンジュ、ドゥルモン、コンラッド

カルヴァーリョのこの作品で、加えて目を引くのは他の文学作品の引用、引喩、すなわちインターテクスチュアリティである。先のポンジュの詩は「カタツムリ」の結びの部分であり、ブラジルの代表的な詩人カルロス・ドゥルモン・ジ・アンドラージの詩は不穏な時代に生きたクエインの人生にさりげなく重なり合っているように見える。

また、メルヴィルの『白鯨』に加えて、名前の挙げられている作品はコンラッドの短編「秘密の同居人」、そして『ロード・ジム』である。「私」の入院している父の横に寝ていた身寄りのないアメリカ人に、とある学生（若い頃は文学を読み聞かせていたが、大人になると一転して科学関連の企業で仕事しているという点は芸術も科学も同時に抱え込んでいたクエインとは似て非なるところであろう）が読み聞かせていたのが、これらの作品であったと作中で記されている。たとえ既存の倫理や社会規範に沿っていても、ときとしてそれに基づいた行動が正しいとは限らない。こうしたコンラッドの作品のニュアンスは、当時の厳しい統制下にあったブラジルにおいて、ルールを逸脱する形であっても、彼が「世界の果て」へむかったことを思い出させるだろう。

とはいえ、『ロード・ジム』との比較に関していえば、ジムとクエインとのあいだには、似ているところだけでなく、大きく違うところもある。ジムのようにいわゆる未開の地に踏み込み、英雄となる道が開ける。しかし、アマゾンのクエインはパトゥザンのジムとは違い、英雄に祭り上げられることへは戸惑い、ひいては恐れや嫌悪を抱いているように見える。コンラッドの小説において、ジムは「我々の一人」と何度も繰り返されるが、ある意味、クエインの方が、現代に生きる「我々の一人」により近いかもしれない。なぜなら、クエインは英雄になること（なっていたのかもしれないが）を恐れていて、むしろその勇気の対極にある臆病、あるいはそれによって引き起こされる苦悩の方が今の世界のいたるところに亡霊のようにまとわりついているように実感され得るからだ（ところで、これはこの作品では直接的な言及のないことだが、アマゾンを訪れたアメリカ人として有名なのは大統領も務めたセオドア・ルーズベルトが挙げられる。彼は奇しくもカンジド・ロンドンと共に旅をしたが、マラリアにかかるなどかなりの困難を味わった。一説には、そのアマゾンへの旅が彼の死期を早めたのではないかとすら言われている。どこかでルーズベルトとクエインというのが重なり合う死者の影のように思える）。不意にクエインの横顔を映すシュローモ・パーソンズ、ブラジルへインディオを研究しようと渡っていく学生、そして物語の「私」自身さえも、ジムばかりでなく、クエインになり得るのかもしれない。

このように、様々な箇所で読者の関心を惹く『九夜』であるが、もちろんここで仮に述べたことも結局のところ一つの見方にすぎない。ぜひとも、興味深くも恐ろしさに満ちたこのミステリーに自ら分け行って、各々の答えを求めに行くことを読者の皆様に期待したい。たとえ、答えと思えたものがすぐさま手からすり抜けていってしまうことがあるにしても。

翻訳の底本には、Bernardo Carvalho, *Nove Noites*, São Paulo, Companhia das Letras, 2002を使用した。原文では、マノエル・ペルナの書簡となっている1、3、6、8、10、12、14、16、18の文がイタリック体で表記されており、小説の語り手による文とは区別されている。また、ジョゼフ・コンラッドの「秘密の同居人」の引用箇所はちくま文庫より刊行の『コンラッド短編集』、『ロード・ジム』の引用箇所は河出書房新社より刊行の『ロード・ジム』を参照し、原文のポルトガル語に合わせて訳出した。

末筆ながら（もちろんフィクションではありませんが）、今回こうした訳書の出版の貴重な機会を与えてくださり、常にブラジル文学・文化に関してご教示いただいている東京外国語大学の武田千香教授、私の至らない点の多いなか大変親切に指摘や助言してくださったコトニ社代表の後藤亨真氏、同様に大変丁寧に提案や指摘をしてくださった水声社の村山修亮氏、いつもお会いする際はブラジル文学研究での貴重なご意見や刺激をいただいている常葉大学の江口佳子先生、また、些末なポルトガル語に関する質問にも快く答えてくださったブラジルの友人や先生の皆さんに心から感謝申し上げます。

二〇二〇年九月

宮入亮

著者／訳者について——

ベルナルド・カルヴァーリョ（Bernardo Carvalho）　一九六〇年、リオデジャネイロに生まれる。現代ブラジルを代表する作家。一九八三年にリオデジャネイロ・カトリック大学でジャーナリズムを修了後、『異常』（*Aberração*, 1993）で作家としてデビュー。本書『九夜』でポルトガル・テレコム文学賞を、『モンゴル』（*Mongólia*, 2003）でサンパウロ芸術批評家協会賞とジャブチ賞を獲得した。ほかにも、長編小説『十一人』（*Onze*, 1995）、日本を題材にした『サンパウロに陽は落ちる』（*O Sol se põe em São Paulo*, 2007）などの作品がある。

＊

宮入亮（みやいりりょう）　一九八六年、東京に生まれる。東京外国語大学大学院総合国際学研究科修了。現在、東京外国語大学非常勤講師。専門はブラジル北東部を中心とする、ブラジル文学および文化。論文に、「ジョアン・カブラル・デ・メロ・ネトの〈砂糖黍〉——〈民衆〉の〈死〉と〈生〉の表象」（『Anais』XLI号、日本ポルトガル・ブラジル学会）。翻訳に、ジョアン・ギマランイス・ローザ「第三の川岸」（『早稲田文学』二〇一五年冬号）がある。

装幀——宗利淳一

九夜

二〇二〇年一二月一五日第一版第一刷印刷　二〇二一年一月一〇日第一版第一刷発行

著者――ベルナルド・カルヴァーリョ

訳者――宮入亮

発行者――鈴木宏

発行所――株式会社水声社

東京都文京区小石川二―七―五　郵便番号一一二―〇〇〇二

電話〇三―三八一八―六〇四〇　ＦＡＸ〇三―三八一八―二四三七

［**編集部**］横浜市港北区新吉田東一―七七―一七　郵便番号二二三―〇〇五八

電話〇四五―七一七―五三五六　ＦＡＸ〇四五―七一七―五三五七

郵便振替〇〇一八〇―四―六五四一〇〇

URL : http://www.suiseisha.net

印刷・製本――精興社

ISBN978-4-8010-0543-3

乱丁・落丁本はお取り替えいたします。

ブラジル現代文学コレクション

エルドラードの孤児　ミウトン・ハトゥン　武田千香訳　二〇〇〇円
老練な船乗りたち　ジョルジ・アマード　高橋都彦訳　三〇〇〇円
家宝　ズウミーラ・ヒベイロ・タヴァーリス　武田千香訳　一八〇〇円
最初の物語　ジョアン・ギマランイス・ホーザ　高橋都彦訳　二二〇〇円
あけましておめでとう　フーベン・フォンセッカ　江口佳子訳　二五〇〇円
九夜　ベルナルド・カルヴァーリョ　宮入亮訳　三〇〇〇円
以下続刊

［価格税別］